ENTRE LINHAS AVENTURA

O relógio do mundo

Lino de Albergaria

Suplemento de leitura

Em Cravo Branco reina a decadência; em Cucura, uma vida mágica e alegre. Essas duas cidades estão em guerra há anos. O motivo: a gananciosa exploração da natureza. Somente o jovem Casemiro Correia, o último dos doze filhos do capitão Cornélio e da capitã Camélia, pode salvar Cravo Branco.

Mas, para isso, ele experimenta situações inusitadas, algumas delas apavorantes. Munido de curiosidade e coragem, penetra no coração da mata que separa Cravo Branco de Cucura, encontra seres fantásticos, passa por uma série de transformações e descobre o segredo que mantém funcionando "o relógio do mundo" – a chave para restabelecer a paz entre as duas cidades e consequentemente o equilíbrio ecológico.

Por dentro do texto

Enredo

1. Por trás da aparente tranquilidade de Casemiro, enquanto cuida do jardim da casa em que mora com os pais, há na verdade um conflito anunciado entre:

a) (   ) Casemiro e seus irmãos.

b) (   ) os pais de Casemiro.

c) (   ) Casemiro e Cucura.

d) (   ) a cidade de Cravo Branco e o reino mágico de Cucura.

e) (   ) Casemiro e Cravo Branco.

2. Explique as origens desse conflito, apontando os motivos que cada uma das partes teria para alimentá-lo.

3. Como esse conflito afeta a vida de Casemiro?

ENTRE LINHAS AVENTURA

Lino de Albergaria

O relógio do mundo

Ilustrações: Rogério Borges

16ª edição

Conforme a nova ortografia

Atual Editora

Série Entre Linhas

Editor • Henrique Félix
Assistente editorial • Jacqueline F. de Barros
Revisão de texto • Pedro Cunha Jr. e Lilian Semenichin (coords.)/Célia Camargo/Renato Colombo Jr./Camila R. Santana/Edilene M. Santos

Gerente de arte • Nair de Medeiros Barbosa
Supervisão de arte • Marco Aurélio Sismotto
Diagramação • Setsumi Sinzato
Projeto gráfico de capa e miolo • Homem de Melo & Troia Design
Coordenação eletrônica • Silvia Regina E. Almeida
Produtor gráfico • Rogério Strelciuc

Suplemento de leitura e projeto de trabalho interdisciplinar • Paula Parisi

Dados Internacionais de Catalogação na Publicação (CIP)

Albergaria, Lino de
O relógio do mundo / Lino de Albergaria ; ilustrações Rogério Borges. – 16. ed. – São Paulo : Atual, 2005. – (Entre Linhas: Aventura)

Inclui roteiro de leitura.
ISBN 978-85-357-0595-9
ISBN 978-85-357-0835-6 (professor)

1. Literatura infantojuvenil I. Borges, Rogério. II. Título. III. Série.

CDD-028.5

Índices para catálogo sistemático:

1. Literatura infantojuvenil 028.5
2. Literatura juvenil 028.5

SARAIVA S.A. Livreiros Editores
Rua Henrique Schaumann, 270 – Pinheiros
05413-010 – São Paulo – SP

SAC | 0800-0117875
De 2ª a 6ª, das 8h30 às 19h30
www.editorasaraiva.com.br/contato

16ª edição/5ª tiragem
2014
811553.016.005

Impressão e acabamento
Digital Page Gráfica e Editora Ltda.

Sumário

A família do capitão 5

O sonho da capitã 9

A tarefa 12

Menor ainda 15

Perdido 18

Os irmãos do ouro 20

A outra margem 25

Caipora! 29

O julgamento 33

A companheira 36

O final da noite 39

Caruani, o rei 43

Coaraci, a rainha 48

Decidindo a vida 52

No caminho de casa 55

O sonho de Cordélia 57

Epílogo 60

O autor 62

Entrevista 63

A família do capitão

Eram duas cidades separadas pela mata. A primeira, do lado sul, era uma cidade bem comum. A segunda, ao norte, era mágica.

Casemiro Correia tinha a cabeça ocupada com a cidade do norte. Embora fosse um cidadão de Cravo Branco, lugar comum como outro qualquer.

Agora mesmo ele pensava em Cucura, a terra encantada. Refletia nas coisas em que acreditava o povo. Que, por exemplo, cidades mágicas não existem. Ou, se existem, elas ficam numa dimensão fora do tempo. Talvez na dimensão do sonho, esse mundo à parte das coisas que a gente vê acordado.

Casemiro Correia, enquanto pensava, trabalhava no jardim de sua casa. Lutando com o mato, que queria estragar os canteiros de cravos brancos. As mãos, pequenas, bem pequenas mas muitíssimo ágeis, mergulhavam na terra, arrancando pela raiz cada planta invasora.

Contudo, Casemiro bem sabia que Cucura estava mesmo ali, do outro lado da floresta. Essa floresta que já começa no final da rua. E ainda era advertido pela voz do pai, o velho capitão Cornélio Correia.

– Essa gente amaldiçoada não vai conseguir nos vencer! – o capitão bradava na varanda para a capitã que lhe cerzia as meias.

Camélia Correia não dizia nada. Havia muitos anos que não se preocupava nem mesmo em ouvir o marido. Ninguém faria com que ela se distraísse daquela tarefa de fechar os buracos da meia. Nem ao seu filho de salvar o jardim.

O jardim da família Correia era o mais bonito da cidade de Cravo Branco. Em outros tempos, todas as casas tinham jardins. Todos os jardins tinham cravos. Todos os cravos eram brancos. Agora não era mais assim.

As pessoas, então, cultivavam flores e tratavam da terra. Ainda não sabiam do ouro. Antes de ir embora, o último índio contou à gente de Cravo Branco que na mata havia ouro. Eram justamente os índios que sabiam a história de Cucura, uma cidade de pedra, situada em algum lugar ao norte. Onde reinavam os mesmos reis, muito antes de o primeiro índio chegar ali. E havia tanto tempo tinha desaparecido o último índio!

"Em Cucura nada nem ninguém acaba. Talvez por isso seja feita de pedra", pensava Casemiro, libertando mais um canteiro.

– Eu não tenho medo, eu não! – o capitão continuava a encher o ar com sua voz de trovão. Trovão meio tremido, envelhecido, mas ainda forte pra chegar bem nítido ao ouvido do filho.

Casemiro imaginava se aquelas ervas no seu jardim também não vinham em missão inimiga. Como a floresta instalada na extremidade da rua. Era a guerra, deflagrada por causa do ouro.

Pois o povo da cidade tinha invadido a floresta. Mas esta guardou firme seu segredo. Nada de revelar a riqueza. E os homens, irritados, derrubaram árvores, queimaram grandes trechos, passaram a caçar os bichos. Já não ligavam tanto para os jardins de suas casas.

Foi quando Cucura decidiu socorrer a mata. A sua gente precisava da floresta pra se manter encantada. Por isso passou a assombrar os caçadores e os derrubadores de árvores. Eram bolas de fogo, a princípio minúsculas, que começavam a crescer diante deles, impedindo que penetrassem mais fundo num lugar até então intocado. Eram vozes que vinham enganá-los, fazendo um se separar do outro, até que se perdessem no meio da vegetação mais densa, onde era mais frio e escuro.

Alguns homens conseguiram, finalmente, encontrar indícios de ouro: algumas pedras, um pouco de pó. E voltaram com fúria a atacar a floresta, apesar de todos os perigos. Outros começaram a ter medo e iam aos poucos deixando a cidade, em direção ao sul.

Por trás das cinzas, a floresta reagiu e novas árvores brotaram. E nasciam com mais vigor, sempre maiores e bem juntas. Em volta de cada tronco, surgia um cipó, logo se emaranhando com outro, tornando o mato muito difícil de se abrir.

A mata foi chegando perto, cada vez mais perto de Cravo Branco. Primeiro, invadiu todas as plantações do lado norte da cidade. Depois, foi se introduzindo entre as cercas dos quintais, quase se colando às paredes das casas.

Os moradores da cidade, assustados, recuaram para o sul, e a população ia só diminuindo. A cidade envelhecia, as casas se tornando bolorentas, úmidas, pois de um lado inteiro as árvores barravam a luz.

– Enquanto houver coragem em Cravo Branco, as garras de Cucura não vão nos pegar – o capitão continuava seu discurso.

A mulher passava à meia seguinte, e o filho ainda pensava, fascinado, na cidade inimiga.

Uma borboleta voejou em torno de Casemiro, sem que ele percebesse. Mas era tão luminosa naquele local sombrio que a capitã Camélia, mesmo precisando concentrar a vista cansada na agulha, acabou notando seu brilho.

Camélia viu o inseto em torno do filho e lhe veio um estranho pressentimento. Borboletas claras – amarelas ou brancas – são as que trazem boa sorte. Borboletas escuras, marrons e cinzentas anunciam dificuldades. Mas o que significava uma borboleta cor de prata? E assim tão junto de Casemiro, seu filho caçula e agora o único?

Camélia e o capitão tinham tido doze filhos, todos homens. Homens cuja altura diminuía, obedecendo à idade. Cada irmão permanecia sempre um tanto menor que o outro. Quanto mais velho era o rapaz, era também maior e mais forte. O último era, logicamente, o mais mirrado.

Apesar da valentia e da disposição do pai em permanecer lutando, os filhos, um a um, começaram a fugir. O capitão insistia em que enfrentassem a floresta. Punha um machado e uma espingarda na mão de cada um deles, logo que o menino se tornava um rapaz.

– À luta! Não podemos esmorecer! – Ele tentava interessar os filhos.

E eles sempre faziam igual: fingiam se dirigir ao norte e iam para o sul. Para sempre.

– Frouxos! Frouxos! – o velho gritava, quando descobria mais uma desistência entre os seus.

A família foi diminuindo até se reduzir, além dele próprio, à capitã Camélia Correia e ao último filho. Mas este não cresceu quase. Permanecia magro, pálido, sem cor. Até a mãe se acostumou a chamar o Casemiro de Amarelinho, apelido que os irmãos inventaram.

Logo escureceu de uma vez, e Camélia teve de desistir da costura. Foi a primeira a entrar. Também Casemiro foi forçado a deixar o jardim e o capitão a varanda. Aquele era mais um dia que acabava tão depressa...

O sonho da capitã

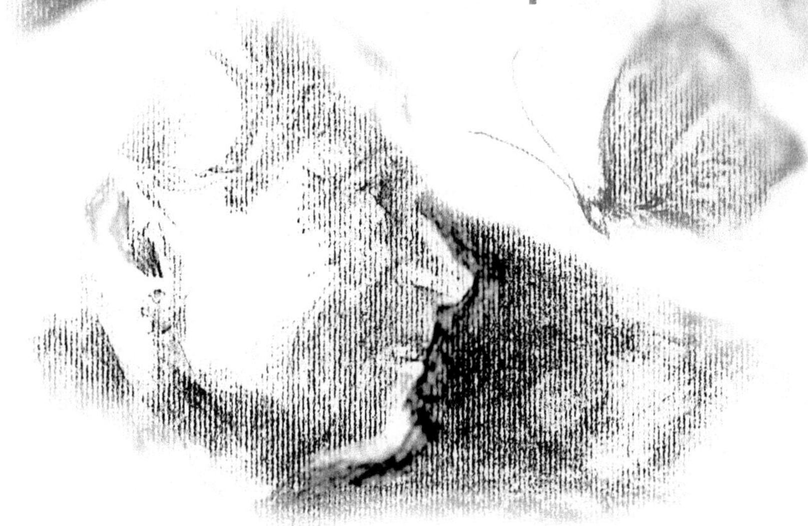

A capitã Camélia espiou, da janela do quarto, a noite escura escondendo todas as coisas lá fora. Uma coruja piou nesse momento. O capitão pegou a última de suas espingardas e quis caçar o pássaro, já que pio de coruja costuma chamar a morte para alguém doente. E doença e morte eram assuntos que deixavam Cornélio Correia irritadíssimo.

– É bobagem caçar esse bicho. Não há nenhum agouro – disse Camélia, lembrando que não tinha nenhum doente em casa.

– Hum! – o capitão resmungou, sem largar a arma.

– E depois, você já enxerga tão mal que não tem sentido sair por aí nessa escuridão. – A capitã fechou a cortina, mais pelo hábito, pois havia pouquíssima claridade pelas manhãs.

O capitão Cornélio Correia guardou sua espingarda e resolveu, muito contrariado, ir dormir.

A capitã ajeitou um cobertor sobre os pés do velho, que ficavam cada vez mais friorentos, e também foi se deitar.

Bateu com o nó dos dedos na parede e falou para o outro quarto:

– Boa noite, Casemiro.

Uma vozinha sufocada disse do outro lado:

– Boa noite, minha capitã. Boa noite, meu capitão.

O capitão não ouviu. Mas respondeu com seu primeiro ronco. Camélia enfiou algodão nos ouvidos, único jeito de não acordar no meio da noite, pensando num terremoto, quando Cornélio se punha a roncar mais alto. Virou para o lado sul, mas assim que adormeceu foi se voltando, sem perceber, para o outro lado.

Começou uma ventania, dentro do sonho da capitã. No início, no mesmo ritmo dos sopros do capitão, entre um ronco e outro. Depois, o vento foi aumentando, quase arrancando a cortina. O vento atravessava a mata, vindo de Cucura. Vento cheio de friagem, provocando espirros nos habitantes adormecidos da cidade.

Logo o dia amanhecia de um jeito diferente. Não trazia uma luz amarela, mas esbranquiçada. Não era o sol que nascia, mas uma segunda lua, sem que a primeira tivesse partido. Tudo ficava então meio velado e atravessado de sombras. A capitã, assim que se levantou, foi buscar a vassoura. Pra varrer as folhas e a poeira que entravam pelos quartos. Foi varrendo para a varanda. E aí ouviu um gemido:

– Não me varra, minha mãe.

Camélia se abaixou e viu uma folha se mexendo. Segurou pela beiradinha e a levantou do chão. Quem estava embaixo, tão pequeno que cabia na palma de sua mão, era o Casemiro.

– Nossa, meu filho! Como você encolheu!

A capitã tirou o rapaz do chão e o colocou na cadeira de balanço. O vento fazia a cadeira dançar com toda força.

– Aqui, não, capitã, que eu enjoo.

Ela recolheu aquela figurinha tão mínima e guardou no bolso do avental. Continuou a varrer a folharada para fora de casa. Quase pisou numa borboleta. Então pegou o inseto pela asa e o pôs num vão da parede:

– Por enquanto, minha filha, fique aí, até passar o vento.

A capitã Camélia reparou que a borboleta tinha manchas prateadas, a mesma cor daquela outra lua, que, lá fora, ia subindo no céu.

– Escute... – a borboleta falou, quase cantando, com uma voz de metal, quase de flauta.

– Uai! – a velha se admirou.

– Vim com o vento e eu também sou encantada – o inseto continuou falando.

– Cruzes! – a velha se benzeu.

– Como quase morri e você me salvou, vou lhe contar um segredo. Chegou a hora de o último dos seus filhos atravessar a floresta...

– Ah, não vai dar, não! Esse, que mal podia levantar a espingarda ou o machado... agora que diminuiu..., qualquer coisa pode esmigalhar o coitado!

– Pois você se engana... O mistério dessa floresta só pode conhecer quem é pequeno!

O vento foi parando de repente. A poeira foi se assentando no chão. E a borboleta deixou seu abrigo na parede. Mexia as asas, brilhando como um vaga-lume de prata.

– Adeus! – a velha disse. Ia tirar o filho de dentro do bolso, quando ouviu a voz do marido.

– Não diga adeus, diga bom dia!

Sem roncar nem soprar, o capitão se levantava, procurando os óculos, para não esbarrar em nada, com o quarto ainda escuro.

Foi quando Camélia entendeu que tinha sonhado.

A tarefa

Ainda mais que o marido, a capitã respeitava os sonhos e os presságios. Algo importante estava para acontecer. Na véspera tinha visto a borboleta prateada rondando Casemiro. E logo sonhou com o mesmo inseto junto de seu rapaz. Camélia Correia sentiu uma dor aguda no peito. Podia estar chegando o momento de se separar também daquele filho.

Se ainda tinha dúvidas, a certeza veio vindo, com o que o marido e ela ouviram. A coruja outra vez. Piando também de dia.

– Esse bicho está me dando nos nervos, Camélia – o capitão soltou sua voz pela casa.

A mulher se convenceu de que não ia viver um dia normal. Foi à janela e procurou o sol. Por um instante, lhe voltaram as imagens do sonho. Mas, com alívio, se certificou de que lá fora não havia lua nenhuma. Apenas o sol parecia mais longe e mais frio.

Mas o desafogo da capitã foi breve demais. Pois logo estremeceu com a voz de Cornélio:

– Onde é que está o nosso filho?

Evidentemente, no jardim. O capitão nem precisava perguntar. Mas Camélia entendeu aquelas palavras como um aviso da decisão do marido. Cornélio tinha decidido o rumo da vida do pequeno Casemiro.

A velha suspirou, se conformando em perder o último filho. Era inútil lutar com a vontade do destino. Embora a dor no peito se tornasse mais forte.

– E onde poderia estar o nosso Amarelinho? – sua voz soou triste, e nela o capitão percebeu a definitiva rendição da mãe.

Cornélio Correia entrou no jardim e se achou mais míope que o normal. Os cravos pareciam bem maiores. Como o capitão era inimigo da magia, preferiu não enxergar o que se passava diante de seu nariz. Casemiro tinha acordado pelo menos um palmo menor.

Mas nada impediria Cornélio de pensar que os cravos mais perto do rapaz é que tinham crescido. Ele até elogiou o filho:

– Ótimo, ótimo, Casemiro! Nunca vi cravos tão grandes! Mas venha aqui comigo. Vamos falar de coisas sérias.

O moço acompanhou o pai até a casa e ouviu a ordem para perseguir a coruja.

Ele também tinha estranhado aqueles pios. Logo pensou em Cucura, ao ouvir o pássaro insistindo em seu chamado. Teve mesmo uma vertigem. Por pouco não caiu no canteiro que estava regando.

– Siga esse bicho aonde for, mas acabe com sua vida agourenta! – trovejava o capitão.

Casemiro era tímido e resignado. Portanto, nem imaginou imitar os irmãos e desobedecer. Assim, não viu aquela ordem como um desvario do capitão. Era a oportunidade de virar as costas à decadência e às dificuldades de Cravo Branco. Apenas sentiu muito ter de se separar de seu jardim e de sua mãe.

Seguir o bicho aonde for... Ele, na verdade, tinha vontade de ir. Algo lhe dizia que aquele pássaro voaria para algum lugar misterioso. E o coração balançou forte no peito, porque mais uma vez ele pensou na palavra Cucura.

Não pretendia enganar o pai, mas estava aborrecido com a segunda parte da missão. Acabar com a vida do pássaro. Seria preciso isso, ou apenas afastá-lo para bem longe da cidade? Casemiro não tinha certeza do que devia fazer, exatamente.

A capitã se aproximou e percebeu que o filho tinha diminuído quando ele caiu para trás ao tentar segurar a espingarda que Cornélio pôs na sua mão.

"Como ele é fracote!", ela pensou, se afligindo. Mas se lembrou do recado dado no sonho pela borboleta e conseguiu se acalmar.

Amarelinho se levantou do chão e com muita dificuldade chegou a pôr a arma no ombro.

– Agora pegue o machado! – já mandava o capitão.

Aí um fiapo de voz ousou discordar:

– O machado, não posso! Sou jardineiro e não vou atacar as árvores.

Cornélio, magoado com a objeção do filho, ia chamar Casemiro de idiota, dizer que aquelas árvores não eram árvores normais, mas inimigas. Camélia então interveio:

– Deixe, capitão. Ele não dá conta de carregar...

O pai não pôde contestar. Casemiro foi saindo, arrastando a arma. Na varanda, se despediu dos pais e tomou o final da rua para passar à floresta.

– Adeus, meu capitão! Adeus, minha capitã!

Os velhos acenaram para o filho caçula. Camélia passou a manga da blusa no cantinho do olho.

Amarelinho teve de se abaixar para passar debaixo dos cipós, que quase se arrastavam pela terra. Depois, só se viu sua mão puxando a espingarda para o outro lado. Camélia teve um momento de confusão, em seguida. Era aquilo o efeito de uma lágrima turvando sua vista ou um brilho prateado, como um vaga-lume, acompanhou a mão de Casemiro?

Menor ainda

Foi difícil puxar a espingarda. Ela parecia de repente maior e mais pesada. Casemiro, pelo esforço que não esperava ser tanto, precisou se recuperar, retomar o fôlego. Não se deu conta de que, só por pisar naquela terra, tinha perdido mais alguns palmos de altura.

Era macio, mas frio o chão onde se sentou. Folhas muito grandes forravam a terra. Tudo ali era muito maior do que ele podia imaginar. Formigas do tamanho de besouros caminhando sobre cipós larguíssimos. Raízes tortuosamente compridas se espalhavam à sua frente. Sobre elas, troncos de árvores comuns alcançavam a altura das palmeiras. Entre os galhos, ele via, muito longe, a sombra de bichos que podiam ser esquilos ou macacos. A distância lhes diminuía o volume, mas deviam ser também muito maiores que o normal. Mais perto de Casemiro, ao alcance dos olhos, uma borboleta flutuava. Parecia um grande beija-flor. O barulho das asas tilintava como um metal bem fino. Com tanta coisa surpreendente, para ele era quase normal que ela parecesse de prata.

Para onde ir agora? Diante dele, a floresta era ainda mais densa, mais sombria, mais úmida. Cheia de sons e de muitos cheiros, com folhas macias e ásperas, troncos rugosos e lisos ao contato das suas mãos ou do seu rosto. Tão diferente, tudo, da sua casa e do seu jardim de Cravo Branco!

Mesmo ignorando seu novo tamanho, Casemiro sentiu o peso enorme do lugar. Ali, era um estranho. E estava sozinho. Buscando segurança, puxou a arma para junto de si, mas ela mal se mexeu de onde estava. Ele se lembrou com pesar dos irmãos troçando de seu jeito mirrado, amarelo e fraco.

Casemiro chorava, acreditando não ser possível realizar a vontade do pai. Tinha medo, não se sentia dono de nenhuma força. Mas nem assim, naquele momento de sofrimento, até de descrença em si mesmo, lhe ocorreu que era possível voltar atrás. Que fugir é sempre uma possibilidade.

Desde a tarde passada, a mesma palavra vinha e voltava à sua cabeça. Cucura. Aquela era sua chance de se aproximar da cidade mágica. Como, ainda não podia saber. Mas queria, queria muito.

Acabou se levantando, sem enxugar o choro que deixava dois rastros molhados descendo por sua cara, e foi até uma embira que se soltava de uma árvore. Conferiu o quanto era sólida e com esforço a cortou do outro tronco, usando o seu canivete, que também tinha ficado mais pesado e mais comprido. Amarrou a espingarda com o cipó e se dispôs a ir puxando aquela tralha mato adentro. Não se lembrou de guardar o canivete, escondido no chão por uma folha que tinha caído sobre a lâmina.

Mas seguir para onde? Havia pelo menos três trilhas diferentes, sumindo entre as árvores. Então, escolheram por ele. De uma direção, reconheceu, mais forte que todos os ruídos dos pássaros e insetos em volta, o chamado da coruja. O coração deu pulos, as mãos tremeram. Contudo, era atrás daquele pio que ele devia ir.

Casemiro foi seguindo, arrastando a espingarda pela terra, pelo mais sombreado de todos os caminhos. Às vezes brilhavam, aqui e ali, as manchas prateadas da asa que ele pensava ser de um passarinho.

Perdido

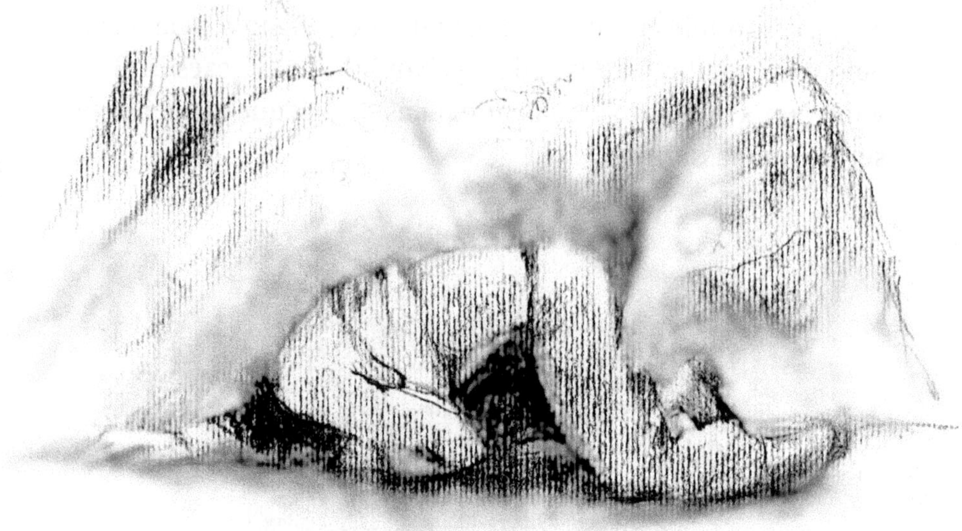

A coruja piava cada vez mais longe. Casemiro ia ficando para trás. Gastava um tempão arrastando a espingarda. E ela só ganhando peso, pois o solo ia se tornando úmido e lamacento, com folhas apodrecidas e torrões de terra que se agarravam à arma.

O barulho ali era intenso e ele passou a se confundir, principalmente porque todos os ruídos acabavam envolvidos por um insuportável coro de sapos. Esses pareciam mais e mais perto, sua gritaria aumentando, nervosa. Casemiro perdeu o contato com a coruja. Também não percebeu que uma borboleta se afastou de perto dele, voando rápido em outra direção.

De repente, notou que estava mais fácil puxar sua carga. É que agora o chão se inclinava, uma inclinação que ia nitidamente se acentuando. E Amarelinho se deixou descer, aliviado de não ter de usar tanto a sua pouca força. Num momento, os sapos se calaram. Um relâmpago riscou o pedaço de céu que ainda se via entre as copas das árvores. Em seguida, o estrondo. Outro relâmpago. O céu escureceu de uma vez.

Desaba uma chuva grossa. Casemiro se vê todo molhado num instante. Pensa em procurar abrigo, mas o caminho pelo qual descia se transformou numa enxurrada. Ele, tão pequeno e leve, é logo arrastado pela força da água. Tenta se manter agarrado à embira com que puxava a arma, mas ela se arrebenta. Sem nada poder fazer, Casemiro vê sua espingarda desaparecer. Agora, sim, está desarmado de todo. E vai descendo rápido, muito rápido, empurrado pela correnteza.

Ouve outro barulho de água, à sua frente. Não era só a chuva batendo no chão ou escorrendo das árvores. Era também a correnteza de um rio. A enxurrada ia levando Casemiro para despejá-lo no rio.

O rapaz pensou que aquele ia ser seu fim. Que já tinha fracassado. Como é que, sem a espingarda, ia encarar a coruja? E, jogado no rio, para completar seu fracasso, certamente se afogaria – e ali acabaria sua curta história.

Sentiu o choque de ser lançado dentro da outra correnteza. Se viu afundando, se misturando à lama que se levantava do fundo. Se viu tragado para dentro de um buraco. Se viu caindo, caindo, caindo... Caiu muito fundo, e não havia mais água em volta dele. Era como se descesse por um poço de paredes úmidas, que, secando, iam virando pedra. Finalmente, desabou sobre um chão de areia.

Mas não se sentiu machucado. Apenas dolorido e molhado. Olhou em volta: as paredes brilhavam. Eram grandes blocos de ouro.

Pessoas pequeninas foram chegando perto. Dois deles ajudaram Casemiro a se levantar. De pé, ele descobriu que tinha o mesmo tamanho daquelas criaturas.

Os irmãos do ouro

Eram quatro as tais pequenas criaturas. Do mesmo tamanho, sim, do Amarelinho, mas bem diferentes. Eram morenos, a cor bronzeada dos índios. Os cabelos corridos e escuros, assim como os olhos. E não se vestiam de nada, além da própria pele. Pareciam alegres por encontrar alguém da mesma altura, mas se mostravam meio desconfiados daquele estrangeiro.

Casemiro estava entre os dois que o levantaram e agora o seguravam pelos braços. Os outros ficaram olhando de uma certa distância, mais curiosos que hostis. O rapaz soltou um espirro e assustou o que espiava mais de perto, que deu um pulo para trás. Os três outros riram, e ele não gostou do riso dos companheiros.

– Cacorê se zanga sempre – falou o que estava segurando o cotovelo direito de Casemiro.

– O parente está muito molhado – disse o que se ocupava do cotovelo esquerdo.

– A chuva trouxe o parente aqui – disse, rindo, o que era só um pouquinho maior.

Os quatro irmãos da gruta do ouro eram Capi, o mais alto, Cacorê, o mais bravo, Caboré e Cafofo, os dois mais parecidos e que estavam pendurados nos cotovelos de Casemiro. Caboré no esquerdo. Cafofo no direito.

O moço de Cravo Branco começou a se sentir mais à vontade no meio daquela família. Só Cacorê tinha uma cara pouco amiga. – Vamos secar o parente – propôs Caboré.

E foram levando o rapaz para um salão bem grande, as paredes de ouro ainda mais puro.

O Amarelinho olhava o metal, quase sem piscar. Ali tudo era ouro, enquanto no outro ponto da gruta as paredes misturavam ouro e ferro. Tinha chegado, sem dúvida, ao segredo tão guardado da floresta, razão da guerra que aniquilava Cravo Branco. Onde, nesse momento, seus cravos, sem proteção, já estariam murchando.

Cafofo foi o primeiro a soltar Casemiro. Foi fazer um fogo. Caboré puxou Casemiro para a beira do fogo. Cacorê ficou de longe, vigiando. Casemiro, começando a se aquecer, quis saber onde estava.

– Este lugar já fica em Cucura?

– Não, Cucura é no fim da mata – Cafofo gritou de lá, avivando a fogueira.

– O parente queria ver como é Cucura? – Capi perguntou.

– O parente está mais é com fome – Caboré falou, quase que dentro da orelha de Casemiro.

Era verdade. Agora que começava a passar o frio, vinha vindo a vontade de comer. E, no momento, ela era mais forte que o desejo de saber mais coisas sobre a cidade de pedra.

– O parente vai comer e poder ver Cucura – Capi prometeu.

Casemiro imaginou alguma janela, alguma abertura na parede da rocha. Algum indício de que pudesse ver Cucura, mesmo de longe. Mas não tinha nada. Estava numa gruta. E muito abaixo do chão. Como é que ia poder ver Cucura?

Caboré largou o outro cotovelo e sumiu dentro da gruta, atrás de Capi e Cafofo.

Casemiro ficou sozinho com Cacorê. Entre os dois, a fogueira. Cacorê não dizia nada, só olhava.

Casemiro, sem saber o que falar, tentou sorrir para o outro. Cacorê não riu de volta, só olhava.

Casemiro estava ficando muito sem graça, quando enfim voltaram Caboré e Cafofo, cada um trazendo uma cuia.

– Essa é de beber – disse Caboré.

– Essa é de comer – disse Cafofo.

– O que o parente quer fazer primeiro? – Era Capi aparecendo por trás dos irmãos e fazendo a pergunta.

Casemiro estendeu a mão para a cuia de Cafofo. Estava cheia de raízes e bagos de frutas. Casemiro foi mordendo e mastigando um pedaço de cada coisa. Tinham gosto ardido, suave, amargo, doce... O fogo ia esquentando seu corpo, já não se sentia mais molhado. A comida ia enchendo a barriga e ele ia constatando que a fome sumia. Foi aí que voltou a olhar, com deslumbramento, aquelas paredes brilhando, exibindo tanto ouro, e pensou no pai e nos irmãos e na gente toda de Cravo Branco, que tanto tinha sonhado com a riqueza. E ele agora sabia o quanto ela era real. Se pudesse levar um pouco para sua cidade, ainda assim a gruta continuaria cheia de ouro...

– Não gosto do que o parente está pensando! – Cacorê falou de um modo bem rude.

Casemiro se espantou por ele saber o que tinha pensado. Aqueles índios eram ainda mais estranhos do que já pareciam.

– Ninguém pode pensar em mexer neste ouro – Capi foi avisando.

Rei Lear: ____

____

____

A filha que deu certo: ____

____

____

FOCOS NARRATIVOS

5 Ao adaptar as obras *Antígona* e *Rei Lear*, Sonia Rodrigues modificou a estrutura textual, retirando elementos próprios do gênero dramático e substituindo-os por características de uma narrativa de ficção. A partir dessa observação, compare as obras e responda:

a) Cite algumas características do gênero dramático.

____

____

____

b) Indique uma das principais características que torna a nova estrutura textual uma narrativa ficcional.

____

____

____

____

c) Pesquise e compare o texto original de Sófocles e o de Willian Shakespeare com as adaptações feitas por Sonia Rodrigues. Retire alguns trechos em que haja uma mudança clara quanto ao foco narrativo.

____

____

____

____

____

10 Em *Antígona*, Creonte assume uma forma bastante polêmica de governar a cidade de Tebas, fazendo sua sobrinha Antígona, seu filho Hémon, o adivinho Tirésias e até mesmo muitos dos soldados e cidadãos mais velhos de Tebas se pronunciarem ou mesmo se revoltarem contra suas decisões. De que modo ele governa a cidade? Caracterize como Creonte se relaciona com algumas das personagens citadas.

____

____

____

____

____

____

____

LINGUAGENS

11 Na Grécia Antiga, os oráculos eram um meio de comunicação entre os homens e os deuses. Em geral, as profecias eram transmitidas por um sacerdote ou adivinho. Releia uma fala de Tirésias, um adivinho que em *Antígona* é responsável por transmitir recados das divindades ao rei:

> *– Pois então fique sabendo que, antes do sol se pôr, o rei enterrará um parente em punição por ter enterrado Antígona viva. – Ele se voltou para os cidadãos apavorados com a profecia. – Mais que isso, todos aqueles que morreram insepultos se lançarão sobre Creonte e ele não terá mais sossego.* (p. 25)

a) Como é a linguagem usada por Tirésias?

____

____

b) Em *Antígona*, os sacerdotes fazem a função de "meio de comunicação" entre homens e divindades. Em *Rei Lear* é possível relacionar essa função ao papel dos mensageiros e em *A filha que deu certo*, ela é atribuída aos novos meios tecnológicos, tão presentes na atualidade. Faça com seus colegas uma pesquisa sobre os diversos meios de comunicação (e o código ou a linguagem deles), desde os tempos mais antigos até hoje. Como a linguagem é empregada em cada um desses meios?

Clássicos Juvenis TRÊS POR TR3S

TRÊS FILHAS

Antígona, Sófocles
Rei Lear, William Shakespeare
A filha que deu certo, Sonia Rodrigues

SUPLEMENTO DE LEITURA

Este volume reúne três histórias sobre filhas que se rebelam contra o poder, a cobiça e a inveja que se instalou em suas famílias. São filhas corajosas, honestas e verdadeiras, mas nem por isso se livram de um destino infeliz ou trágico. Em *Antígona*, de Sófocles, a protagonista se revolta contra um decreto de seu tio Creonte, é acusada de traição e presa. Em *Rei Lear*, de Shakespeare, Cordélia é a filha preferida do rei da Bretanha, mas ele a deserda quando ela decide ser sincera com o pai, ao contrário das irmãs, que fingem idolatrá-lo. Em *A filha que deu certo*, de Sonia Rodrigues, Heloísa é a caçula de Roberto e o alvo do ciúme e da rivalidade das meias-irmãs, Guta e Duda. Heloísa é afastada do convívio familiar a pedido do pai, que assim tenta zelar pela boa convivência entre as filhas.

Atual Editora

POR DENTRO DOS TEXTOS
Enredos

1 Em *Três filhas* nos deparamos com histórias de mulheres que se rebelam contra um tipo de poder hierárquico presente em suas relações familiares. Sobre cada uma das obras, responda:

a) Além das relações familiares, quais são os tipos de relações hierárquicas que aparecem em cada obra?

Antígona: ____________________

Rei Lear: ____________________

A filha que deu certo: ____________________

b) Elabore um texto dissertativo com base na questão: como a educação familiar e/ou escolar podem contribuir para a formação de valores de um indivíduo?

ATIVIDADES COMPLEMENTARES

(Sugestões para História, Língua Portuguesa e Artes)

13 Releia a passagem abaixo, de *Rei Lear*.

> *Lear, como suserano, havia armado cavalheiros que eram seus vassalos. Eles lhe deviam obediência, mas ele tinha o compromisso de mantê-los ao seu lado em tempos de paz. Expulsando seus cavalheiros, Goneril tornava a palavra de Lear inútil. (p. 43)*

As relações de suserania e vassalagem são imprescindíveis para manter a reputação do Rei Lear entre a corte. Pesquise como se estruturava, hierarquicamente, esse tipo de relação na Idade Média.

14 Em *Três Filhas* temos a junção de dois tipos de tragédia, a de Sófocles, considerada uma tragédia grega, e a de Shakespeare, que é denominada tragédia "elisabetana". Qual a diferença entre esses tipos de tragédia? Quais as transformações cênicas e dramáticas ocorridas nesses períodos? Faça uma pesquisa estabelecendo pontos de contato e mudanças nesses dois tipos de contextos.

15 No Brasil do século XX, Nelson Rodrigues criou peças que foram chamadas de "tragédias cariocas". Pesquise o que eram essas tragédias e se receberam alguma influência das tragédias gregas e/ou elisabetanas.

16 Assista ao filme A *ostra e o vento* (direção: Walter Lima Jr., Brasil, 1997, 12 anos). Ele conta a história de uma menina que vive em uma ilha com um pai autoritário e que encontra uma maneira de se rebelar. Converse com os colegas sobre as expectativas que existem entre pais e filhos. Use as narrativas de *Três filhas* e o filme A *ostra e o vento* como ponto de partida para os debates.

PRODUÇÃO DE TEXTOS

12 Releia os trechos a seguir:

> *Por que a gente precisa escolher entre amores?*
> *Um pai não deveria escolher entre filhos. Um pai deveria perceber quando a filha está se tornando uma adolescente sem esperança, ânimo, tolerância. Certo?*
> *Errado.*
> *Aprendi com meninas que trabalham duro para serem bonitas em passarelas e capas de revistas que, para a gente ganhar o mundo, não dá para esperar que os pais façam tudo certo.*
>
> A *filha que deu certo* (p. 93-94.)

> *O rei começou seu discurso dizendo que sua maior dificuldade era calcular o tanto que caberia do reino a cada filha na divisão. Para resolver essa dúvida, ele imaginou um certame, um concurso, um torneio amoroso. A partir das palavras de cada uma das filhas, ele decidiria a divisão.*
> *– Será uma divisão baseada no amor – ele afirmou, orgulhoso da saída encontrada.*
>
> *Rei Lear* (p. 35.)

As relações entre pais e filhos(as) podem envolver diversos conflitos. Além do afeto, sentimentos como ciúme, abandono e mentira estão presentes em muitas famílias. Discuta em sala de aula as situações propostas nesses dois trechos e elabore as seguintes redações:

a) Construa uma personagem e, no papel de filho(a), escreva uma carta para a mãe ou para o pai dele(a), discorrendo sobre como ele(a) se sente em relação ao apoio que recebe deles no que diz respeito aos sonhos e/ou objetivos de vida.

b) Contra qual figura familiar Antígona, Cordélia e Heloísa se rebelam?

____

____

2 Antígona se rebela contra o rei de Tebas, que negou os ritos fúnebres e o sepultamento de Polinices, seu irmão. Ao se posicionar dessa forma, que tipo de lei ela invoca? Justifique com um trecho do texto.

____

____

____

____

3 As irmãs das personagens Cordélia e Heloísa as deixam em uma situação de confronto que leva ao renegamento familiar.

a) Qual é a situação vivida por Cordélia? Por que ela é renegada?

____

____

____

____

____

b) Qual é a situação vivida por Heloísa? Por que o pai ameaça emancipá-la?

____

____

____

____

____

4 Podemos dizer que as três obras apresentam um momento de reviravolta, que muda o destino e o tratamento dado às filhas consideradas rebeldes. Identifique esse momento e explique sua importância.

Antígona: ______________________________________

____

____

(1) Creonte
(2) Rei Lear
(3) Regan
(4) Heloísa
(5) Cordélia
(6) Goneril
(7) Ismênia
(8) Roberto
(9) Antígona
(10) Cíntia

( ) Rei da Inglaterra. Cansado e irritadiço, decide dividir suas terras entre as filhas.

( ) Tio e futuro sogro de Antígona e irmão de Jocasta. Assume o trono de Tebas e coloca seu poder acima das leis divinas.

( ) Primeira esposa de Roberto. Morava com as filhas nos Estados Unidos, mas volta e casa-se de novo com ele.

( ) Irmã de Antígona. Acreditava que sua vida e seu comportamento deveriam estar submetidos às leis da cidade, ainda que discordasse delas.

( ) Artista, trabalha com *design* de móveis. É um pai dedicado às filhas, apesar de não conseguir lidar com os conflitos e ciúmes entre elas.

( ) Filha do meio do rei. Recebe o pai com frieza em seu castelo e não hesita em punir Gloster e matar um serviçal que questiona suas ordens.

( ) Filha mais velha do rei. É a primeira a destratá-lo, ameaçando diminuir os súditos que o acompanhavam.

( ) Filha de Édipo e noiva de Hémon. Desobedece ao édito do rei e sepulta o corpo de Polinices.

( ) Filha de Roberto. Desde bebê era fotografada pela mãe e fazia campanhas de moda, e depois se torna fotógrafa.

( ) Filha mais jovem do rei Lear. É tida como a preferida do rei. No entanto, é deserdada por expor sua sinceridade.

9 Em *Três filhas*, deparamos com valores morais que regem o destino de três personagens em diferentes épocas e contextos. Cite alguns desses valores:

Antígona: ____

____

Cornélia: ____

____

Heloísa: ____

____

6 Em A *filha que deu certo* percebemos mudança de foco narrativo ao longo da história. Procure e selecione na obra alguns trechos que possam exemplificar essa afirmação.

Tempos e espaços

7 Cada uma das obras que compõem *Três filhas* ocorre em determinado tempo (época) e espaço. Com base nessa afirmação, complete o quadro abaixo.

Narrativa	Tempo	Espaço
Antígona		
Rei Lear		
A *filha que deu certo*		

Personagens

8 De modo geral, as obras que compõem *Três filhas* giram em torno de intrigas que ocorrem entre os componentes de três famílias. Relacione as dez personagens principais com suas descrições e a história de que fazem parte.

E o Amarelinho viu que eles liam o pensamento e até as intenções por trás de um pensamento.

– Será que o parente entende a gente? – Caboré perguntou, sempre segurando a outra cuia.

– Conte para ele a história deste ouro – Cafofo se dirigia a Capi.

E Capi disse:

– Este ouro é o segredo da terra, guardado em cima pela água e cá embaixo por nós quatro. Hoje é ouro, ontem foi ferro. Aqui os metais são vivos. Eles crescem e se transformam. O ferro amadurece em ouro. Mas o ouro tem de continuar aqui, para este mundo girar em volta do Sol, com noites e dias, calor e frio... Enquanto o ouro viver aqui, a água continua brotando nas fontes e as sementes rebentando na terra. As árvores crescerão, e os bichos e os homens continuarão nascendo. Este é o metal que mantém a vida, o relógio interno do mundo. Por tudo isso, fique sabendo, este ouro nunca pode deixar este lugar.

– Agora, pode beber. – Caboré deu a Casemiro a cuia de chá.

– Olhe para o fogo – disse Capi. – Olhe para o fogo, enquanto bebe, e você vai ver Cucura. Depois o parente vai poder seguir seu caminho.

E Casemiro viu dentro da chama não uma cidade, mas uma coruja que olhava para ele, bem dentro dos olhos.

– O que tem nesse chá? – perguntou.

– É feito com a casca da fruta cucura – Caboré explicou.

– É meio esquisito de gosto... – disse Casemiro.

– Olha para o fogo – mandou Cafofo.

– Mas não vejo cidade nenhuma...

– Olhe bem dentro dos olhos da coruja – Capi dizia.

A coruja olhava Casemiro. Casemiro olhou nos olhos dela. Eles refletiam uma cidade dividida em duas, cada metade dentro de um olho. Cheia de torres, toda de pedra, construída em degraus, numa elevação. Havia muitos muros, um por trás do outro, e ruas estreitas entre eles, subindo a colina... Aquilo não parecia um labirinto?

Mas os olhos do pássaro ficavam pequenos, davam a impressão de se afastar e ele não podia mirar mais nada dentro deles. A coruja diminuía. A chama, o fogo, tudo se afastava e ficava tão longe...

A outra margem

Tudo ficou mesmo muito longe. Casemiro viu a fogueira lá embaixo tomar o tamanho de um fósforo aceso. Virou para o alto a cabeça e notou que se aproximava do teto. Estava em pleno ar, subindo. Como se pudesse voar, ou o vento o levasse.

"Será que estou voando de verdade?" Aquela era a mais fantástica das coisas que tinha experimentado desde que saíra de casa. Parecer um pássaro! Casemiro procurou dirigir seus movimentos, usar os braços como asas. Mas logo se viu perdendo altura, começando a cair. Voltava a enxergar com mais nitidez a fogueira. O chão já chegava perto.

Aí se sentiu puxado pela gola da camisa e voltou a subir. Ia se mexer para ver quem o levava, quando se sentiu passar através da água. Numa velocidade incrível, tinha saído pelo teto da caverna, atravessado a água do rio, desde o fundo, e ido dar na outra margem. Foi posto em terra por uma gigantesca mão morena. Olhou finalmente para cima e viu Capi.

Em torno dele, três outros gigantes de caras conhecidas: Caboré, Cafofo, Cacorê.

O susto não foi pouco. Como então os quatro irmãos que o chamavam de parente viravam em instantes uns índios enormes? Todos eles, até Cacorê, riam do seu espanto. Então foram minguando, minguando, ficaram do tamanho de homens comuns, mergulhados até a cintura dentro do rio.

Capi apontou para Casemiro a direção do norte:

– Para lá é Cucura. Vá com toda a atenção, e o parente chega.

– Mas guarde esse segredo que conheceu aqui – Cacorê avisou, agora sem rir.

– Vá e leve com você a paz! – os outros disseram juntos, enquanto, um a um, iam sumindo sob a água.

– Obrigado, meus parentes! – Casemiro gritou, antes que também Capi desaparecesse.

O rapaz se maravilhava com aquelas criaturas, satisfeito por o terem acolhido e também amedrontado por todas as transformações de que eram capazes. E ainda haviam lhe revelado a incrível história do ferro que virava ouro. Fora de Cravo Branco, tudo vivia em constante movimento. A vida tinha outro ritmo, e o mundo o seu relógio!

Agora, Casemiro tinha atravessado para a outra margem do rio. Foi quando percebeu que por ali amanhecia. E não se lembrava de ter dormido lá na gruta. Teve, assim, reforçada a certeza de estar num outro tipo de lugar, onde a duração das coisas era diferente. Por isso o dia tinha mudado e ele não vira.

Tinha toda a convicção de não ter realmente dormido. E não tinha sono ou cansaço. Só comera algumas raízes e pedacinhos de frutas, mas não sentia fome nenhuma. Pelo contrário, experimentava uma grande disposição.

Deste lado do rio havia muitas e muitas borboletas de asas riscadas de prata. Eram centenas e, ao mexer ao mesmo tempo as asas, faziam uma espécie de música, às vezes como o som de uma flauta, outras vezes imitando um sino. Casemiro caminhou alegre entre elas, que pousavam em sua cabeça, em seus ombros, e logo depois retomavam o voo.

Capivaras, descendo para o rio, passavam calmamente por ele e mergulhavam na água. Casemiro seguia em direção ao norte e ia cruzando com pacas, antas, tatus. Ninguém se estranhava, ninguém fugia. Então se lembrou de ter feito tanta força inútil, puxando pelo mato adentro aquela espingarda. Mas não conseguia saber por que tinha trazido uma arma. Na verdade, só queria chegar mais perto de Cucura, ver aquela cidade de pedra, com tantas torres apontando o céu, os muros descendo os montes e um caminho de relva entre os degraus... Ele se imaginava subindo esse caminho, vencendo os degraus, que iam e vinham como um labirinto.

No ponto em que estava, a floresta era mais aberta e mais clara. Uma luz suave envolvia as coisas. Não existiam trilhas, pois o chão estava todo coberto de folhas douradas. Mas não precisava caminho. Havia passagem fácil entre as árvores. Um outro rio, menor, vinha descendo do norte. Bastava seguir contra sua corrente. O terreno agora subia, mas era uma subida mansa. A água do rio às vezes caía em pequenas cascatas. E, para deleite do jardineiro, iam surgindo orquídeas, por todos os lugares.

Um barulho fez com que Casemiro parasse de reparar nas orquídeas. Aquele pio... Reconheceu, lá no fundo da memória, de quem era. Então, ela não estava longe, a coruja!

Uma voz trouxe outra. Casemiro escutou dentro dele mesmo o eco de um trovão, seu pai ordenando que acabasse com a coruja. E ela andava por perto, e ele tinha vindo pegá-la... Precisava matar o pássaro que trazia a má sorte para sua cidade e sua gente. Não cessava de ouvir a voz do capitão. Ao mesmo tempo, não podia se lembrar dos quatro irmãos e de seus avisos. Daquela gruta, só conseguia recordar o ouro. A mente de Casemiro se concentrava em seu dever. E seu dever era destruir o pássaro.

Assim, libertaria Cravo Branco da maldição e da derrota. E logo ele pensou no ouro, tanto ouro oculto sob o rio, e imaginou Cravo Branco inteiramente calçada de ouro.

Mas seu devaneio foi interrompido quando topou com uma pedra e sentiu muita dor no dedão do pé. Também tinha aparecido uma nuvem de mosquitos, e ele levou várias ferroadas. Percebeu que os mosquitos gostavam de ficar perto da água e se afastou do rio. Ouviu outra vez a coruja, agora bem próxima. Ela estava ali, pousada numa árvore de galhos finos e poucas folhas. Casemiro lamentou então que tivesse perdido a espingarda de seu pai. A coruja quieta, imóvel, diante dele. Ele precisando pensar rápido. Como fazer para apanhar o pássaro?

Caipora!

Como fazer, se estava desarmado, não tinha nada, só a roupa do corpo... Roupa? Claro! Casemiro, descobrindo que roupa pode virar arma ou armadilha, arrancou a camisa e jogou em cima da coruja.

– Está presa! – gritou, vendo que o pano imobilizou o pássaro.

Tinha conseguido! A coruja estava dominada. Por sorte, a camisa se prendeu entre as pontas dos galhos, e a coruja, embora se debatesse, não tinha como fugir. Casemiro começou a subir na árvore. Já podia alcançar sua presa. Mas precisava pegar com muito jeito, para não deixar o pano escorregar e o pássaro fugir. Ele se equilibrou no galho que ficava logo por cima de onde a ave tinha pousado.

Agora podia voltar para casa. Chamaria o pai e com ele voltaria para pegar o ouro da gruta, todo o ouro que conseguissem.

Foi quando veio o frio. Casemiro se sentiu gelando. O frio veio junto com o escuro. A árvore onde ele estava no mesmo instante secou. Perto, todas as árvores perdiam as folhas. O frio e a escuridão chamaram o silêncio. Todos os bichos interromperam seus ruídos. E também o rio se calou, sufocado pelo gelo. A escuridão e o frio se espalhavam em volta, mais intensos. Casemiro sentiu suas mãos endurecendo, parecia que iam virar pedra.

Ouviu um grito de dor. Era a voz de Capi, se transformando em pedra. Casemiro fechou os olhos e sentiu o ouro da caverna se tornando fosco, escurecido, um metal sem brilho. Compreendeu que estava para trair o segredo que os quatro irmãos partilharam com ele. E fazia isso, porque, no fundo, era como os antigos vizinhos de Cravo Branco. Que não se importavam em saquear e destruir, apenas para pôr as mãos no ouro.

O relógio do mundo começava a desregular, e o planeta inteiro definharia, sem calor. Casemiro estava matando o mundo, e junto o próprio sonho de conhecer Cucura. Ao pensar no lugar, naquele nome, seus dedos de repente voltaram a se mexer. Embora ele ainda tremesse, com muito frio.

Casemiro queria conhecer Cucura. Mas dentro dele ainda sussurrava a voz do pai, lhe dizendo para derrotar de uma vez a coruja. Ela já não se debatia dentro do pano, transformado numa fina camada de gelo.

De que lado ele estava? Seria fiel ao capitão e à sua cidade? Ou à promessa feita a Capi e seus irmãos, que lhe mostraram o caminho para a terra mágica?

Havia um resto de calor dentro do seu peito. Mas o frio avançava pelos pés e pelas mãos, tomando todo o corpo. "O que faço aqui? Para que vim, na verdade?", Casemiro se perguntou, vendo que, perto do pássaro e da camisa, o escuro refluía um pouco.

"Que o capitão me desculpe!" E arrancou o pano que prendia a ave. Sacudiu-se inteiro, com os tremores que percorreram seu corpo dos pés até a cabeça. Ao mesmo tempo, a luz voltava. Viu em sua árvore e em todas as outras renascer o verde. A Natureza não morria mais. Então, pensou ter tido uma alucinação, efeito das artes mágicas daquele lugar. Mas abandonou logo a ideia de ter sido logrado, pois dentro dele o frio demorava a passar. Ouvia o rio correndo como antes, a cantoria das aves, o rumor dos insetos. Apenas ele trazia dentro de si a lembrança do desastre. Era o último a se recuperar para a vida.

A mata recobrou inteiramente as cores, os cheiros, os ruídos. Destes, um ficava mais forte. Era um galope se aproximando. Animais, que certamente não eram cavalos, vinham na sua direção, o bater das patas meio abafado pelas folhas que cobriam a terra. O tropel revolvia as folhas, como se um ventilador tivesse sido ligado na mata. Eram porcos. Caititus, os porcos-do-mato. Logo cercaram sua árvore. Casemiro se sentiu capturado. Atrás de si, ouviu uma voz:

– Desça de uma vez daí, caçador!

Virou-se e viu uma cara morena e brava.

– Cacorê! – saudou, se enganando.

– Caipora! – o outro se apresentou.

Um arrepio percorreu a espinha de Casemiro, que ainda estava retomando sua temperatura. Além de um ar muito mais bravo, esse índio tinha os caninos inferiores bem salientes, parecendo as presas do caititu que cavalgava e que era bem mais alto que todos os outros do bando.

– Você já está por conta de dois erros – o Caipora falou, enquanto Casemiro escorregava árvores abaixo, confuso ainda com seus atos.

O índio decidiu desmontar. Passou a perna sobre sua montaria, mostrando o pé retorcido, o calcanhar na frente, os dedos para trás. Apeou. Todos os porcos-do-mato ficaram quietos. O Caipora deu dois passos na direção de Casemiro, já em terra. Deixou no chão suas pegadas mentirosas, como se voltasse e não estivesse, na verdade, indo...

– Como, dois erros? – Casemiro perguntou.

– O segundo foi confundir meu nome.

Casemiro admitiu o engano.

– Mas, e o primeiro? – quis saber.

– O primeiro, não sabe? É caçar. É contra os caçadores que eu guerreio. Por isso prendo você.

– Agora quem erra é o amigo – Casemiro retrucou.

– Como é que um caçador me fala assim? – O Caipora, irritado, voltou à sua montaria, desamarrando um tacape, preso no caititu.

– Eu não sou caçador. Eu sou jardineiro.

– Quem me prova que você não está mentindo?

– Eu provo!

Quem falou? Casemiro procurou a voz, acima dele. No mesmo galho de antes, só que livre de sua camisa, estava pousada a coruja.

O julgamento

– Mas você, minha parenta, tomando a defesa desse mofino? – O Caipora também se voltou para a coruja.

– Ele é jardineiro, sim, e a vida toda cuidou das plantas. Veio de Cravo Branco, atrás de mim, e não molestou criatura nenhuma desta mata – a coruja foi dizendo.

– É verdade que nem árvore nem bicho se queixou dele. Mas estava perseguindo minha parenta e lhe armou armadilha com a camisa... – O Caipora foi recolhendo o tacape.

– Mas ele entendeu que não devia fazer isso. – A coruja olhou para Casemiro. Um olhar que ele já conhecia, que havia revelado a ele a imagem de Cucura.

Depois, o pássaro voltou a fixar o Caipora, intercedendo pelo rapaz.

– Se o parente não se incomoda, daqui para a frente cuido dele de perto – propôs.

Casemiro não sabia o que pensar. A coruja conhecia tudo sobre ele, mas o outro não. O Caipora nem se referiu àquela friagem mortal que passou por ali, provocada pelo seu ato.

Quer dizer que só ele percebeu que o mundo esteve por um fio? Só ele tinha vivido aquela experiência? Parecia que sim.

E Casemiro concluiu que algo tinha acontecido entre ele e Cucura, entre ele e o poder mágico. Agora estava sintonizado com aquela cidade. O Caipora, apesar de encantado, não via isso. A coruja, sem dúvida sabendo de tudo, o defendia. Ela, sim, era alguém de Cucura.

Casemiro viu o Caipora hesitar, olhando para a coruja e depois na direção do rapaz, ainda desconfiado.

– Sei não, parenta...

– Ele tem de renunciar a qualquer desejo de me prender, e assim eu o levo até Cucura – a coruja falou, fixando de novo seu olhar em Casemiro.

O moço logo se lembrou da imagem que tinha visto nos olhos do pássaro. Mais uma vez se sentiu unido à magia, dentro dele aumentando ainda mais a vontade de entrar na cidade. E se sentiu grato ao pássaro, por dispor agora de um guia.

– Pois eu renuncio. Prometo não procurar mais apanhar você... – Casemiro estava pronto para seguir seu destino.

– Mas vai deixar aqui o resto de suas armas! – o Caipora falou.

– Que armas? Perdi a espingarda, o canivete... e nem quis trazer o machado – Casemiro estranhava o pedido.

– Pois daqui para a frente você vai andar nu! Do mesmo modo que qualquer um nesta mata. – E o Caipora soltou uma risada.

Era verdade que o Caipora vivia sem nada sobre o corpo, assim como os irmãos do ouro. Mas é que eram índios. E Casemiro ainda se sentia um homem de Cravo Branco. Mas também compreendeu que tinha feito de sua camisa uma armadilha bem traiçoeira. Ele se dispôs, por isso, a abandonar as botinas e o resto da roupa.

Ao se desfazer de tudo, notou que aquelas peças de vestir, que antes encolhiam junto com ele, de repente tinham começado a apertar seu corpo e estavam até mesmo se rasgando.

Logo que ficou nu, Casemiro percebeu que havia retomado seu tamanho original.

– Será que não vou sentir frio? – perguntou.

– Aqui ninguém sente frio. – O Caipora apontou todos os caititus em volta, também pelados como ele e Casemiro. E riu de novo, um riso que era mais uma careta, pondo bem à mostra seus longos caninos.

Casemiro se certificou de uma vez que o outro nem imaginava o que tinha acabado de acontecer ali mesmo.

– Então, você está pronto a me seguir? – a coruja perguntou ao rapaz.

– Estou.

– Pronto para me ouvir e aprender o que tenho a ensinar?

– Estou.

A coruja voou até o ombro do rapaz e se acomodou sobre ele.

– Pois, então, vamos em frente!

O Caipora montou no caititu grande. Comandou uma meia-volta e todos os porcos debandaram atrás dele.

– Não seja nunca mais um tratante! – gritou para Casemiro, antes que sua voz se confundisse com o barulho das patas galopando no chão e levantando as folhas.

Casemiro estava envergonhado. Mas não era o castigo do Caipora que o fazia sofrer. Ele pensava no ensinamento de Capi sobre o ouro da gruta. Aquele relógio do mundo, o ponto de sustentação da vida. Um segredo importante e precioso, que era uma honra conhecer e respeitar. Mas ele quase pusera tudo a perder.

A companheira

A coruja ensinou o caminho a Casemiro. Não precisava acompanhar o rio, pois ele fazia curvas, dando longas voltas. Havia uma trilha bem disfarçada entre as árvores, que antes ele não notara.

Depois ela se calou. Então aquele caminho era tudo que a ave tinha para ensinar a ele? Será que ela não percebia a ânsia que o rapaz sentia de saber mais sobre a terra mágica? Por um tempo, esperou que ela voltasse a falar. Mas a coruja continuava quieta, imóvel ali no seu ombro.

Casemiro achou que talvez ela esperasse uma iniciativa dele. E decidiu arriscar.

– Quem mora em Cucura? – perguntou, cheio de curiosidade.

– A gente de lá – ela não explicou muito.

– Mas essa gente tem um rei, eu sei.

– Tem, tem um rei e uma rainha.

– E as pessoas têm uma vida bem diferente da minha, não é?

– Você vai ver.

A coruja não era mesmo de comentar nada, deixando tudo continuar misterioso. O rapaz começou a se intrigar com sua guia. Imaginou que ela podia ser uma criatura sob algum encantamento, muito mais que um pássaro falante.

– E você? – perguntou.

A coruja achou tão vaga a pergunta, que nem se deu ao trabalho de responder. Casemiro insistiu:

– Você podia ser uma espécie de fada, com o poder de se transformar.

– Podia... – Ela não dizia nem que sim nem que não.

– Ou mesmo uma princesa que sofreu um encanto...

– Também...

– Você sofreu algum encanto? – ele decidiu ser mais direto.

– Para mim basta ser a coruja, poder falar e guiar você.

Ficou outra vez quieta.

Casemiro também se calou e foi seguindo o caminho. Era bobagem querer antecipar o que ia acontecer, descobrir como era Cucura antes de pôr os pés lá. As coisas importantes só se realizam no momento certo. E ele ia descobrir direitinho como era tudo, assim que chegasse. Ia ver com seus olhos. Chegaria a conclusões pela própria cabeça. Bastava, por enquanto, ser guiado. A coruja prometeu que o levaria.

Mas um resto de curiosidade permanecia bem forte. Ninguém de Cravo Branco tinha ido à cidade de pedra. E por que justamente ele, Casemiro Correia, um reles filho caçula, um Amarelinho qualquer, tinha de ser o primeiro?

Assim, resolveu fazer uma última pergunta:

– Por algum motivo, que ainda não sei, cheguei até aqui. Você pode me dizer alguma coisa sobre isso?

Ela não podia. Tinha caído no sono.

"Nesse ponto, é mesmo uma coruja", o rapaz refletiu, "e deve preferir viver de noite." E, para dormir, ela confiava nele. Não imaginava mais que Casemiro voltasse a atacá-la. Nem ele pensava nisso. O moço também confiava na ave. O fato de os dois estarem juntos era uma espécie de aliança entre Cravo Branco e Cucura. Uma prova de que a guerra não era necessária e de que era possível um entendimento entre as duas cidades.

A floresta era uma passagem. Ainda não era o país do pássaro. E nem mais o país do rapaz. Ele se sentiu suspenso num fio, ligando os dois mundos. E o mundo que tinha deixado? Casemiro já estaria perdido para ele? Que saudade dos cravos que passara a vida cultivando! E sua mãe, será que ainda a encontraria?

Casemiro Correia descobriu por si mesmo, sem precisar perguntar à coruja, que ele havia mudado. Não era mais apenas um jardineiro. Nem mais o Amarelinho. Ou meramente o filho caçula do capitão. Era alguém vivendo uma aventura apenas sua. E que havia começado desde que, sem que soubesse ao certo o que era, a palavra Cucura se instalara em sua cabeça.

O rapaz se entregou à sensação de ter sua aventura. Achou imensamente belo se sentir sobre aquele fio que ligava o conhecido e a surpresa. Confiava na coruja. E havia morrido nele a tal vontade de ser esperto e de roubar o ouro.

Nem se incomodou mais de estar nu. E até se sentiu amigo daquele bicho que ia levando no ombro. Procurou andar com mais cuidado para que ela não acordasse do seu sono.

– Durma aí, minha amiga, não vou tirar sua paz – murmurou, bem de leve.

Apesar do tom baixo e carinhoso, sua voz já não soava tão fraca.

O final da noite

Anoiteceu. E ele ainda andava. Caminhava, sem poder interromper o ritmo das suas pernas e os seus passos no caminho, que agora se abria numa estrada de pedra. Mais uma vez, árvores bem próximas e bastante altas enchiam a paisagem. Enquanto andava no meio delas, o luar, atravessando a folhagem, vinha iluminar o calçamento à sua frente.

Casemiro estava cansado e faminto, mas não conseguia deixar de andar. Era seu próprio corpo que ia sozinho. Andou a noite inteira, sem falar nada com a coruja, que, agora acordada, mexia-se bastante sobre o ombro do rapaz, já incomodado com a pequena carga.

A madrugada se insinuava numa luz mortiça. Um vento frio vinha do oeste e enregelava Casemiro.

– Ah, o que é isso? – ele perguntou, temendo repetir uma experiência dolorosa.

– Não se assuste. É a cruviana – a coruja disse. – É só um vento que vem com a madrugada.

– Mas é tão frio...

Ele sentiu seus dentes batendo. E de repente se viu na frente de um muro.

– Siga pela direita, depois pela esquerda, vá sempre dobrando, acompanhando a parede...

A cruviana, ou o que fosse, vinha atrás. Ele tinha entrado num labirinto e não podia mais voltar. Agora tinha a certeza do seu pressentimento e do engano da amiga. Pois já tinha provado o que vinha dentro do vento: o corte de uma lâmina bem fria que penetrava com facilidade sua pele nua e indefesa. Por fora, o vento atacava, desequilibrando seu corpo, jogando poeira em seus olhos. Por dentro, se instalava o frio, ameaçando gelar seu sangue, endurecendo dedos, articulações.

O pó veio num redemoinho do chão, a toda velocidade, e por um momento o deixou cego. Ele tropeçou e ouviu o barulho das asas da coruja, lançando-se num voo. Cada vez mais longe, a ave tentava gritar para ele, querendo prestar alguma ajuda. Mas o vento zunia mais alto, até que não mais se ouvisse a voz do pássaro.

Casemiro se colou ao muro. A parede também era gelada, mas apoiava seu corpo e o mantinha de pé. Reconheceu o muro revelado no olho da coruja, na chama da fogueira acesa na gruta do ouro. Do outro lado ficava Cucura!

Agora ele se via outra vez sozinho, lutando com a fúria da cruviana, dependendo apenas de si mesmo para chegar à cidade. Precisava pensar rápido e entender a situação. Aquele vento da madrugada não era o habitual. Por isso a coruja se enganara. Aquela força não vinha da floresta nem de Cucura. Havia outra coisa enlouquecendo a cruviana, trazendo com ela aquela vontade de matar. Casemiro, de repente, entendeu o que era aquilo. Num instante, associou a história da luta entre sua cidade e a floresta com o segredo da gruta. Tantos atos passados haviam afetado o relógio do mundo!

O vento e o frio tinham sido acordados pelas pessoas de Cravo Branco. Através do fogo, dos golpes de machado, dos tiros, do sangue que correra na floresta. Era um sintoma da alteração do ritmo mágico. E, agora, corriam soltos em volta da cidade.

Casemiro parou de pensar. Tinha de concentrar sua atenção para não cair. Mas, se continuasse imóvel, gelaria. Tentou, quase se arrastando, deslocar-se junto ao muro. Devia haver uma passagem. O vento atacava, ele caía e se levantava. Foi jogado mais de uma vez contra as pedras da parede. Mas insistia, tateando, usando as mãos, as costas. Os olhos fechados, por causa do pó.

Foi dentro do escuro que sentiu seu braço atravessando as pedras. Havia uma brecha e Casemiro se jogou por ela. Teve de se encolher, se ralar entre as pontas cortantes das pedras. Nunca se sentira tão grande, com tanta dificuldade em passar por um espaço estreito. Mas conseguiu. E se livrou do vento, da poeira e do frio. Estava do lado de dentro do muro, e ali não chegava o mundo de fora.

Casemiro esfregou os olhos e viu diante de si um guarda vestido com um manto colorido.

– Há muito tempo eu não via um índio – disse o homem.

– Índio, eu? – Casemiro não entendia.

– É verdade, índio não tem barba. – O outro se deu conta.

– Eu também não... – Casemiro ia dizendo, mas passou a mão pela cara e sentiu o pêlo. Então, além de crescer em tamanho, também se tornava um homem!

– Vai ser uma bela barba escura – disse o guarda. – Mas não entendo por que você anda nu.

– É uma longa história. – Casemiro reconheceu a voz da coruja.

O pássaro se dirigia ao homem do manto:

– Mas, agora, deixe-o passar...

O homem saiu da frente. Escadas de pedra e jardins surgiam das sombras da madrugada. As escadas levavam a um conjunto de construções terminadas em torres.

Casemiro começou a subir, enquanto o guarda lhe dizia:

– Bem-vindo a Cucura!

Caruani, o rei

Casemiro subiu os degraus e chegou a um jardim onde todas as flores eram brancas. Mas um canteiro em especial despertou sua atenção. Eram cravos brancos, iguais aos que cultivava em casa. Casemiro logo se sentiu acolhido. Até se imaginou trabalhando ali, retomando sua velha função.

Foi então surpreendido por um bando de gente ruidosa. Eram rapazes e moças, morenos e não muito altos. Os jovens se acercaram dele, rindo de sua nudez.

– Venha conosco, estrangeiro – convidou um rapaz.

– Você gosta de água? – perguntou uma das moças.

Casemiro gostou da alegria em torno dele. E acompanhou o bando com satisfação. Nem notou que a coruja tinha sumido.

De repente, no fundo do jardim, vê a piscina cercada de pedras. A água, quente, brotava da terra, em meio a vapores. Nada mais agradável para quem chega de uma difícil viagem! Casemiro decide se lavar e descansar, enquanto os outros continuam conversando e brincando. Quase adormece no calor daquela água.

Fecha os olhos por um instante e ao abri-los vê brilhar o sol, atravessando as nuvens de vapor, já se levantando por trás de uma torre. O dia nascia em Cucura. Alguém lhe traz frutas, que ele come ainda dentro da água.

– Queria saber o que eu comi – diz ao moço mais perto dele.

– Não gostou?

– Demais, gostei demais. Só não sei o que é.

– São as nossas frutas – o rapaz explicou. – Chamam-se cucuras.

– Mas o gosto é tão diferente da casca... – Ele se lembrou do chá, tomado na gruta do ouro.

– Para você! – Outro rapaz lhe estende uma roupa branca, do mesmo tecido que todos usavam.

As moças se aproximam mais dele, incluindo Casemiro nas brincadeiras. Se divertem, cheirando seu pescoço, sua nuca. Ele sente cócegas e ri. Elas, rindo também, vão se afastando.

– Agora, vamos deixar você. Coaraci e Caruani estão à sua espera. Você tem de descer a escada perto das roseiras...

Sozinho de novo, o rapaz se afasta da piscina e volta ao jardim, procurando a tal escada, agora vestido como os moços de Cucura. Não é fácil achar. Ela fica quase escondida pelas flores. Uma escada que leva para dentro, a algum lugar abaixo do jardim. Os degraus por onde ele desce são revestidos de pedras coloridas, bem pequenas, compondo desenhos de árvores, de plantas, de bichos, de pássaros. As criaturas da floresta pareciam todas retratadas ali.

Casemiro completa a descida. E se vê pisando um chão dourado, feito das mesmas pedras – mas agora todas são amarelas, como as paredes. É uma sala ampla, certamente evocando a gruta do ouro. No centro, duas cadeiras de prata. Muitas borboletas, de asas prateadas, brincam em torno do casal que ocupa os tronos.

O rei e a rainha de Cucura não são mais jovens e também não parecem velhos. Dizem as histórias que eles não têm mais idade, e vivem há centenas de séculos. Ambos usam os cabelos compridos, de uma cor negra quase azul, presos numa trança. Casemiro reconhece a coruja pousada no ombro do rei.

Em silêncio, hesitante, se aproxima deles. Casemiro jamais tinha visto reis, por isso não sabia direito como se dirigir ao casal.

– Vocês então são os reis deste lugar... – É o que encontra para dizer.

– Eu sou Caruani – o rei se apresenta.

– Eu sou Coaraci – diz a rainha.

– E este é Casemiro – a coruja anuncia.

– Casemiro Correia, de Cravo Branco – ele completa.

Em seguida, o rei levantou do trono e caminhou até uma mesa alta, sobre a qual havia um livro, em cuja capa de couro estava gravada apenas uma letra "C". A coruja foi até Casemiro e explicou que aquele livro mágico continha informações sobre tudo o que começa com aquela letra. Inclusive sobre a vida das pessoas com aquela inicial.

Caruani passou as folhas e se deteve numa delas, lendo:

– "Corriolas, corrijolas e correias... plantas semelhantes em seus filamentos às correias ou tiras de couro...". – Passou outra página e continuou: – "Correia", hum, "o de muito nervo, o vigoroso...".

– Este talvez seja meu pai, o capitão Cornélio. Casemiro, entendendo que o rei fazia a leitura de seu nome, se apressou a desfazer o engano, já que não se via assim tão vigoroso.

– Pobre de seu pai... – falou a rainha.

– Como? – Casemiro achou que a rainha tinha alguma coisa para contar do capitão.

Mas o rei continuou lendo:

– "Casemiro... o instituidor, o autor da paz".

Então, Caruani se dirigiu a ele:

– Muito bem. Você cuidou dos jardins e dos cravos, desde muito cedo... Depois, se recusou a agredir a floresta, quando aceitou a missão de seu pai para deixar Cravo Branco. Sobretudo, venceu o desejo de se apoderar da nossa coruja... Hoje você entende a razão daquele ouro na gruta. Enfrentou o vento e o frio mortais para encontrar o caminho de Cucura. E teve de fazer isso sozinho. Seja, então, feliz neste reino!

Casemiro sentiu que aquele era o momento de esclarecer tanto mistério. Agradeceu a hospitalidade do rei e perguntou aquilo que menos entendia:

– Acredito que vocês me chamaram até aqui. Ainda não sei bem por quê. Antes, nem podia imaginar a razão de escolherem a mim. Mas isso eu percebi, quando vi os cravos no jardim. Alguma coisa eu tinha em comum com esta cidade, eu, que era o último jardineiro de Cravo Branco. Agora, me expliquem. Para que um lugar mágico, de reis que não envelhecem, donos de todos os sortilégios, de pássaros falantes e um livro que tudo sabe, precisa de Casemiro Correia?

– É o que o livro diz sobre o seu nome – falou o rei. – Meu país e o seu precisam de paz. E Casemiro Correia é suficientemente vigoroso e íntegro para nos trazer a paz.

– Por que esse interesse? Bastaria a vontade do rei para que Cucura, junto com a floresta, acabasse de esmagar meu povo.

– É uma razão bem simples: se o seu povo acabar, nós também terminamos. Todos pertencemos ao mesmo mundo. Cada ser, não importa sua natureza, é responsável pelo brilho do ouro que representa o ritmo da vida. À medida que falha uma forma de vida, aquele metal embaça um pouco mais. Se esse processo continua, ele vai se tornando uma pedra escura... e solta o frio, que gela o mundo.

– E vocês acreditam que o meu povo algum dia vai poder conviver com o seu?

– Eu não sei, nossos livros se escrevem sozinhos, mas só registram o que já aconteceu. Por enquanto, a sua gente deve parar de bulir com o equilíbrio de tudo. Se não quiserem saber de nós, não importa. Nós saberemos nos perder para sempre da existência de vocês.

– E para onde vocês iriam?

– Para dentro do tempo, para dentro de alguma dobra do avesso do mundo...

– E nunca haveria jeito de encontrar vocês?

– Não, a menos que permanecessem na fronteira dos dois mundos algumas destas borboletas ou a nossa coruja... E que alguém, entre vocês, se interessasse por elas...

Coaraci, a rainha

Caruani voltou para seu trono, ao lado da rainha. Casemiro ficou olhando as borboletas, que agora se espalhavam pelo salão inteiro. Depois, fixou a coruja que, no caminho para Cucura, imaginara ser alguma mulher encantada em pássaro. Pensou naquelas moças junto da piscina, que brincaram com ele, cheiraram seu pescoço, lhe fizeram cócegas. Sentiu que gostaria de uma companhia. A idade do amor tinha chegado para ele.

A rainha de Cucura se aproximou, levando a coruja pousada no dorso de sua mão. Convidou Casemiro para subir à torre mais alta da cidade. Assim ele poderia observar todo o reino.

Precedidos pelas borboletas, subiram uma escada diferente, dessas que vão fazendo curvas estreitas uma sobre a outra, do jeito de uma espiral. Lá no alto ventava. Mas não daquela maneira da madrugada. Apenas o suficiente para levantar algumas mechas do cabelo de Casemiro. Não os de Coaraci, bem presos na longa trança negra.

Casemiro viu tetos, pedaços de jardim e as paredes do labirinto cercando a cidade. Rebanhos de carneiros pastavam na grama entre os muros. Lá embaixo, as copas das árvores se adensavam até o horizonte.

Cravo Branco, ele não via. Seu mundo tinha se tornado invisível.

– Saudades de casa? – A rainha pareceu adivinhar seu pensamento.

Casemiro não sabia responder. Na verdade, algo o fazia pensar em casa. Alguma coisa que o entristecia.

Então a coruja saltou para a mão dele. Com a outra mão, o rapaz acariciou a cabeça da amiga.

– Imaginei que ela fosse uma princesa... – Casemiro falou para a rainha.

– Você gostaria de uma princesa... Esta nossa amiga coruja não chega a ser tão mágica que possa ficar virando gente e desvirando em seguida. Mas os olhos dela, que você já sabe que revelam coisas, podem lhe mostrar seu futuro... Só que, infelizmente, também lhe farão ver o presente... Você quer mesmo ver?

– É claro! – Ele se dispôs a ver o futuro e o presente.

– Olhe nos olhos dela.

E Casemiro olhou a coruja, bem dentro dos seus olhos grandes.

Viu a mata, além do horizonte. Viu as árvores cercando o flanco de uma cidade. Muros se desmanchando, o mato destruindo os jardins, casas escuras de tanta umidade, pouca gente nas ruas. Procurou sua casa, e ela estava vazia. Pensou na mãe, e viu a capitã debruçada num túmulo. Ela colocava sobre a pedra um pequeno cravo branco. Casemiro compreendeu que o capitão se fora. Aquele velho bravo e míope, que tinha sido seu pai. E que ele um dia desobedeceu, quando começou a pensar e a agir por si mesmo.

– Este é o presente. – Ele ouviu o comentário de Coaraci.

Na sua visão, uma figura feminina vinha amparar sua mãe. Era a menina Cordélia, vizinha dos Correias, tão magra, tão pálida como ele mesmo tinha sido, antes de empreender sua viagem.

Não ouviu, mas sentiu dentro do ouvido a voz da rainha murmurando que o futuro era aquele.

– A Cordélia? – Casemiro falou, misturando decepção à tristeza de se ver para sempre longe do pai.

Então, para ele, não ia haver no futuro uma princesa, mas simplesmente aquela vizinha, sem grandes encantos? Para se casar com ela, não precisaria ter deixado Cravo Branco. Pensou mais uma vez, com certa cobiça, nas moças tão bonitas e tão alegres de Cucura...

– Você não é encantado, como iria ter uma mulher de um mundo que não é o seu? – a rainha perguntou.

– Mas também não sou mais o que era...

– Olhe bem dentro dos olhos da coruja e você vai ver: Cordélia Camarão não é uma mulher comum.

Casemiro viu Cordélia conduzindo sua mãe de volta para casa. Os olhos da jovem, inquietos, olhavam em volta. Até que uma borboleta, quase tão prateada quanto as que ele via ali em Cucura, apareceu ao lado da moça. Ela continuou caminhando abraçada à capitã, mas o rosto estava voltado para o inseto, a fisionomia intrigada. Com um estremecimento, Casemiro percebeu que Cordélia pensava nele.

– Casemiro! – Era a voz do rei, que acabava de subir à torre.

O homem de Cravo Branco se desligou da sua cidade e da sua gente. Os olhos da coruja voltavam à sua opacidade normal.

– Você não acha que Cucura e Cravo Branco podem conviver em paz? – Caruani perguntou, num tom bem mais alegre do que tinha usado lá embaixo.

– Por que não? – Casemiro também perguntou, já dando sua resposta.

– Agora eu até acredito nisso – disse o rei. – Pois você é o novo capitão Correia.

Decidindo a vida

Casemiro passou em Cucura o dia todo, e a noite. No fim da tarde, pediu a Caruani e a Coaraci que o deixassem ficar na piscina de vapores para meditar um pouco na vida. Os reis permitiram, mas mandaram que a coruja lhe fizesse companhia. A solidão de Casemiro preocupava os reis de Cucura.

A morte do pai lhe trazia tristeza, um vazio muito grande, porque nunca mais ia ouvir nem a voz nem os roncos do capitão. E é tão difícil se acostumar com um nunca mais...

Da piscina, Casemiro escutava o ruído dos rapazes e das moças conversando. E vinha, atrás da tristeza, a sensação de que era um estranho. De que adiantava o desejo de estar com o bando, se enamorar de uma das meninas, se não era um deles? Se estava ali, separado de todos, era para não aumentar a ilusão de que podia permanecer para sempre em Cucura.

E agora se transformava no capitão Casemiro Correia! Era o destino de que todos os irmãos fugiram... Para que ele, o caçula, tivesse a honra de ser um chefe em Cravo Branco. Onde a vida era comum e breve. Mas lá a solidão não esperava por ele.

O que tinha de fazer era voltar para sua cidade, limpar os jardins de Cravo Branco, pintar as paredes de casa, retirar o limo... Iria rever e consolar a mãe, levar à capitã uma alegria com que ela já não contava mais. Só não se animava em ter pela frente Cordélia Camarão. Nunca tinha se interessado por ela, nem pretendia fazer da moça a sua capitã. Bom, ele não precisara seguir cegamente a ordem do pai. Portanto, talvez não precisasse também realizar aquela possibilidade de futuro...

Aliás, Casemiro nem tinha a certeza de ter visto o futuro nos olhos da coruja. Lembrou-se de que os livros de Cucura só podiam escrever o passado. Aquela gente mágica não tinha poder sobre o que ia acontecer.

Tinha visto apenas o que se passava em Cravo Branco no mesmo momento em que ele e a rainha se encontravam na torre... Sua união com aquela menina pálida nada mais seria que um palpite de Coaraci!

Casemiro decidiu que voltaria a Cravo Branco, mas não pensava mais em Cordélia. Considerou terminado o seu banho. Vestiu o manto branco. Não quis acordar a coruja, que tinha adormecido no meio daqueles vapores. Deixou a amiga dormindo, talvez sonhando, e voltou a procurar os reis.

À noite, houve uma festa no salão dourado. Todas as moças quiseram dançar um pouco com o capitão. Ele se divertiu muito e foi dormir exausto e feliz. Acordou no outro dia com o sol entrando pela janela aberta na parede de pedra. Olhou lá fora o céu bem azul, salpicado de prateado. Eram as borboletas que entravam pela janela, preparando sua partida.

Caruani e Coaraci se despediram, presenteando-o com um cesto de cucuras. Prometeu que plantaria as sementes no quintal de sua casa.

– Adeus, meu rei. Adeus, minha rainha.

– Adeus, nosso capitão.

A amiga coruja acompanhou-o até a saída do labirinto. O guarda de roupa colorida se afastou da parede. Atrás dele, a estreita abertura para a mata. Não havia mais nenhum sinal de vento. Casemiro logo reencontrou o caminho para o sul.

No caminho de casa

Casemiro Correia ia para casa, olhando bem o caminho. Tentando conhecer melhor as árvores, a forma de suas folhas, às vezes o gosto dos seus frutos. Observava os bichos pequenos, as formigas, os mosquitos, as aranhas, os pequenos roedores, os pássaros. Então, viu ao longe aqueles porcos-do-mato, os caititus. Durante algum tempo, sentiu-se acompanhado por uma sombra. Era o Caipora, decerto intrigado com o manto branco de Casemiro, manto tecido em Cucura. Quem sabe nem conseguia reconhecê-lo. Casemiro estava muito mais alto e exibia agora uma barba escura, quase tão cerrada como certos trechos da mata. De todo modo, eles não eram inimigos. E Casemiro convivia com a mata muito mais à vontade. O Caipora, não sentindo hostilidade no viajante, deixou de segui-lo. Voltou a se embrenhar por outros pontos da floresta, sempre disposto a impedir as caçadas e a queimada.

Casemiro outra vez viu tatu, viu anta, viu paca e capivara. Já tinha revisto as orquídeas e até se refrescou nas cascatas do rio que descia do norte. Foi quando ouviu o rumor do outro rio, aquele que encobria a caverna de ouro e que ele precisava atravessar para chegar a Cravo Branco.

E agora? O rio era largo, com uma correnteza fortíssima. Casemiro ainda não tinha experimentado a força que ganhara nesses tempos de aventura. Talvez pudesse atravessar o rio a nado. Hesitava na escolha do melhor lugar para a travessia, quando ouviu e reconheceu uma risada.

– E então, parente? Como voltou mais bonito! – disse outra voz conhecida.

Caboré e Cafofo, os irmãos mais parecidos, puseram a cara para fora da água.

– O parente quer atravessar? – Caboré perguntou.

Casemiro disse que sim, e que também estava contente de rever os amigos.

Uma terceira cabeça emergiu do fundo do rio.

Cacoré, desconfiado, pergunta:

– Você jura que não vai mais pensar no nosso ouro?

– E preciso jurar? Quero ver para sempre esse relógio andando! – respondeu com um sorriso.

– Eu já sabia. – Casemiro escutou a voz de Capi.

O último guardião apareceu transformado em gigante. Mandou Casemiro subir na sua mão e o atravessou para o outro lado. Logo depois, voltou a ficar normal.

Casemiro achou que os irmãos do ouro tinham desaparecido. Mas eles só tinham minguado de novo, se tornado pequeninos, e pulavam na água como se fossem lambaris.

– Adeus, desta vez, parente! – foram gritando e sumindo, um a um, no fundo do rio.

– Fiquem em paz – Casemiro murmurou e se virou novamente para o sul.

Nunca mais voltaria à gruta cheia de ouro. E pensaria naquele metal, dali em diante, como o quinto de seus guardas.

O sonho de Cordélia

Camélia Correia, quando Cordélia foi embora, puxou para a varanda a cadeira de balanço. Ficou olhando para o jardim. O único cravo que florescera aquele ano era o que tinha levado para enfeitar o túmulo do marido. Como escurecia e ela já tivesse a vista cansada, não pôde notar que dezenas de cravos, de todas as cores, inclusive os brancos, estavam para brotar.

Camélia Correia se sentia bastante velha, não tinha mais premonições nem sonhos que antecipassem o futuro. Talvez porque já não perseguisse o futuro. Ela se ocupava bem mais do passado. Naquele momento, por exemplo, enquanto a cadeira ia e vinha, bem devagarinho, ela se via ainda uma moça, recém-casada com o capitão Cornélio, dono de sedosas barbas. Via sua casa cheirando a nova. Todas as casas de Cravo Branco eram então casas novas. Viu os quartos e a sala da casa se enchendo de crianças. Bebês engatinhando, outros correndo pelo quintal, os mais velhos, buliçosos, já brigando. Então se lembrou do menor de todos, cavucando no jardim.

– O Amarelinho gosta de plantar – ela tinha observado para o capitão, que só pensava em azeitar as espingardas e afiar os machados, já olhando com raiva para a floresta que avançava até o quintal.

Mas todos tinham ido e se esquecido de voltar, até o Amarelinho. A capitã contou os anos nos dedos, eram três, desde que ele tinha sumido, e se lembrou do seu último esforço, puxando a espingarda para o lado de lá.

Camélia quis ver em sonho o seu filho mais novo. Ela já se sentia adormecendo, com o barulho da cadeira. Mas logo dormiu tão profundamente que não ia conseguir se lembrar de sonho nenhum. De nada adiantou aquela borboleta tilintando perto dela, querendo musicar seu sono. Camélia dormia com a boca aberta, roncando de um jeito que lembrava tanto o extinto capitão!...

A borboleta decidiu atravessar a rua, achou um espaço na janela mal fechada da casa em frente. E cintilou dentro do quarto, onde Cordélia Camarão, subitamente tomada pelo sono, ainda pôde percebê-la antes de cerrar os olhos.

E a borboleta se transferiu para dentro do sonho. Trouxe para o quarto um clarão de lua. Cordélia jamais tinha visto um luar tão claro. Como se a noite se transformasse num dia esbranquiçado. Ela se levantou da cama, foi para o jardim e viu várias, muitas flores brotando ao mesmo tempo da terra, se abrindo e começando logo a crescer. Por toda a cidade, cresciam flores, de colorido muito suave, tão suave como aquela luz, vinda da lua.

Ela correu até a praça, e todos os canteiros centrais estavam cobertos de cravos brancos. Do céu desciam como que pirilampos bem grandes, riscando o ar de prata e brilho. Cordélia compreendeu, em seguida, que eram borboletas.

Dentro do lago, no meio da praça iluminada pela lua, viu o reflexo de uma mulher bonita, em camisola de dormir. Essa mulher era ela, que, de repente, como as flores da cidade, havia desabrochado, abandonando sua palidez e fraqueza.

Cordélia correu de volta para casa, o coração aos pulos, se jogou na cama, puxou o lençol até a cabeça e esperou que aquele sonho passasse.

Bem mais tarde, o lençol caiu no chão, o sol entrou pela janela, forte como havia anos não chegava à cidade. A moça despertou e foi logo se olhar no espelho. Ela se sentiu corada, mais disposta do que nunca. Penteou os cabelos e fez com eles uma trança. Sem saber por quê, se achou parecida com uma rainha. Ou, quem sabe, uma princesa...

Abriu a porta da casa e viu quando ele chegou. Alto, com uma barba escura e um manto um pouco gasto mas ainda branco, o homem entrou na casa em frente. Cordélia viu cravos florescendo no jardim, enquanto o recém-chegado se debruçava sobre a anciã adormecida na cadeira de balanço.

– Mãe? – Com cuidado, o homem acordava a velha.

Camélia Correia não se assustou com o estranho. Logo adivinhou quem ele era.

– Casemiro! – A voz da velha era parte de seu sorriso.

Ainda tendo a capitã dentro dos seus braços, o homem olhou para o outro lado da rua. E seu olhar cruzou com o da mulher. Ela era forte e usava os cabelos como os usa uma rainha...

Epílogo

Cravo Branco tem suas casas velhas, recuperadas do mofo e bem conservadas, brilhando ao sol. Ao norte, aos poucos, vai começando a mata, que não sufoca mais a cidade. A Natureza vai, gradativamente, deixando de ser cuidada. Flores na frente das casas, pomares nos fundos, hortas no final de tudo... E depois, o verde silvestre. Algumas árvores espalhadas, ervas entre pedras, no meio o colorido das flores do campo. Passarinhos voando entre os galhos das copas esparsas, de onde voam também para a cidade, frequentam sua praça e seus jardins. Mais para dentro do mato, vivem aranhas, cobras, morcegos. Como em todo mato. Mas as pessoas de Cravo Branco se cuidam ao andar por ali. Sabem aonde é bom ir e aonde não é.

A cidade hoje tem um acordo com o Caipora. Ninguém derruba nem queima árvore à toa. Também não há mais caçadores. Ele, por sua vez, não assusta as crianças com aquele seu jeito de andar, os pés revirados para trás. Mas continua rondando a floresta, prevenindo seus habitantes das tempestades, pois seus ouvidos aguçados percebem primeiro quando elas vêm.

Sobre o rio circula uma história estranha. Ela conta que em certas noites quatro caboclos costumam emergir da água. São conhecidos como a família Cresce-Míngua.

Por falar em família, uma se destaca em Cravo Branco. São seis meninos e seis meninas, filhos do capitão Casemiro Correia e sua capitã Cordélia. No quintal de sua casa há árvores de uma fruta que dizem ser especial, porque só nasce ali. Quem mais gosta dessa fruta é o filho mais novo, Calisto Correia. É um garoto muito bonito, corado e de cabelos escuros, quase tão bronzeado quanto um índio. Como o pai, ele gosta de cuidar dos jardins. Mas também costuma passear sozinho pela mata.

Nesse momento, por exemplo, Calisto está indo a uma certa clareira, seu lugar favorito para brincar. E onde, já se ouviu dizer, vai brincar com ele, vinda lá dos confins da mata, uma coruja mágica, que é capaz até de falar...

As pessoas de Cravo Branco agora sabem, mas não gostam de comentar com os estranhos: do outro lado da floresta existe uma cidade, toda ela encantada, chamada Cucura.

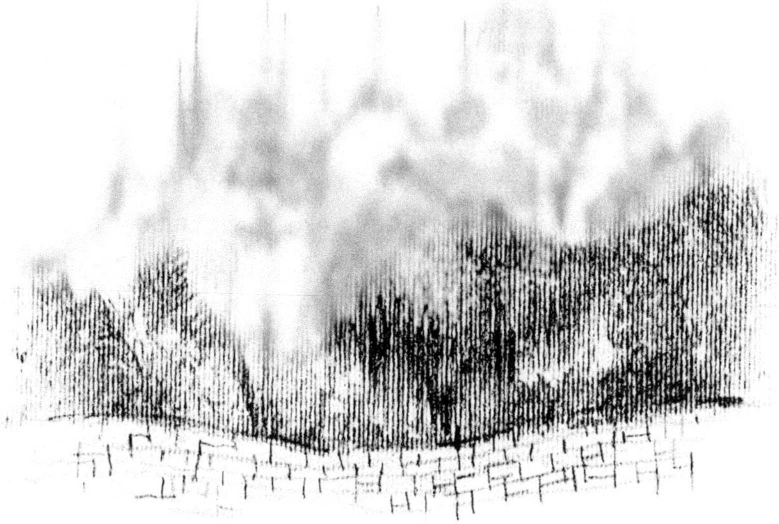

O autor

Moro em Belo Horizonte, a mesma cidade em que nasci, mas já vivi em Paris, São Paulo e no Rio de Janeiro. Fui editor por mais de dez anos e, eventualmente, faço traduções. Para os adultos, tenho dois romances e uma obra teórica sobre as semelhanças entre o folhetim do século XIX e a atual literatura infantil e juvenil, uma reelaboração de minha dissertação de mestrado. A cidade de Ouro Preto foi tema de minha tese de doutorado, nas suas relações com a literatura, as artes plásticas e a arquitetura. Há alguns anos, venho escrevendo, basicamente, para crianças e adolescentes. Já publiquei muitos livros para esse público. Entre os temas que costumo abordar em minhas obras, vou da realidade do cotidiano à fantasia. Os heróis são, na grande maioria, jovens como meus leitores. Têm um parentesco com as personagens dos contos arquetípicos: enfrentam obstáculos, adversários e perseguem um objetivo. Em geral, passam por várias transformações na busca do conhecimento. Têm sonhos e esperança de melhorar o mundo. Suas experiências são marcadas pela perplexidade e pelo sofrimento, mas também pela alegria e pelo entusiasmo na descoberta do amor e na constatação de que vale a pena lutar pela vida.

J. Filgueira

Entrevista

Na história, o jovem Casemiro aventura-se pela floresta em direção à cidade mágica de Cucura e acaba descobrindo como funciona "o relógio do mundo". Que tal agora ler a entrevista abaixo com o autor Lino de Albergaria e saber mais sobre ele e sua obra?

Ao compor a personagem Casemiro, aparentemente, você se inspirou em outras personagens marcantes da literatura. Conte como foi o processo de criação desse garoto que amadurece ao longo da aventura vivida por ele.

• Antes de escrever *O relógio do mundo*, reli os contos de fadas europeus e os contos da tradição brasileira, recolhidos por Sílvio Romero e, sobretudo, por Câmara Cascudo. Casemiro tem, portanto, o arcabouço dos heróis dessas histórias. Para ser mais específico, a ideia da personagem que cresce fisicamente ao longo de sua trajetória foi tirada de uma aventura vivida por um bicho, que aparece na tradição popular ora como Pinto Calçudo, ora como Pinto Pedrês. É o pinto que deixa o galinheiro para conhecer o mundo e, quando retorna, se dá conta de que se transformou em um galo.

Nota-se, ao longo da narrativa, uma predileção pelos nomes próprios começados com a letra "C". Há algum motivo especial para essa preferência?

• A letra "C", inicial não só dos nomes das personagens como dos lugares mencionados nesta obra, é uma homenagem a Câmara Cascudo, a partir de suas duas iniciais. Além disso, boa parte desses nomes corresponde a verbetes do *Dicionário do Folclore Brasileiro*, de autoria desse grande folclorista.

Que espécie de estudos ou pesquisas você realizou para compor os seres da floresta e os habitantes de Cucura?

- **Li muito, não só os contos já mencionados na primeira questão desta** entrevista, mas também trabalhos críticos sobre eles, como os de Bettelheim, Von Franz, Propp, Jolles.

Os debates que buscam conscientizar sobre os perigos de bulir com a natureza vêm ganhando terreno nas escolas, na literatura, na vida em sociedade, etc. Você considera que há avanços nesse sentido ou vê com pessimismo a questão do respeito à natureza?

- Aos trancos e barrancos, por avanços e recuos, o homem tem mudado sua relação com a natureza, embora ainda haja um longo caminho a ser percorrido. Interesses econômicos e políticos continuam prevalecendo sobre o compromisso com o ambientalismo. Há em curso uma campanha que considera o indivíduo militante da paz e da ecologia uma pessoa desequilibrada e radical, a partir de alguns exageros reais cometidos no início da luta ecológica.

Há uma frase de uma deputada do Partido Verde alemão, Petra Kellyl, que diz: "Todos querem voltar à natureza, mas ninguém quer ir a pé". Comente-a.

- A deputada em questão cunhou uma frase de efeito para simbolizar o comportamento ambíguo das pessoas na atualidade. Elas têm conhecimento dos problemas ambientais do planeta, apóiam, em tese, as campanhas ecológicas, mas não renunciam às comodidades advindas da tecnologia mais avançada. O grande obstáculo a uma vida mais simples e em harmonia com a natureza é o consumismo que move a economia internacional, estimulando o culto ao supérfluo. Assim, as pessoas continuam usando carros movidos a combustíveis poluentes; fogem das cidades para o campo nos finais de semana ou vão viver em condomínios em meio ao ar puro das montanhas, mas levam com elas os maus hábitos da vida urbana. Exemplo disso são as enormes quantidades de lixo produzidas, sobretudo por embalagens e outros produtos descartáveis e agressores do meio ambiente.

Para você, existe mesmo um "relógio do mundo", além do representado em sua obra? Em caso afirmativo, como seria e onde se localizaria?

- Em minha opinião, "o relógio do mundo" tem uma existência simbólica na consciência das pessoas que buscam o equilíbrio, a medida justa das coisas. Ele funcionará enquanto a natureza se mantiver de acordo com seus ciclos.

Clássicos Juvenis

TRÊS FILHAS

TRÊS FILHAS

ANTÍGONA
Sófocles

REI LEAR
William Shakespeare

A FILHA QUE DEU CERTO
Sonia Rodrigues

COORDENAÇÃO MARCIA KUPSTAS

ILUSTRAÇÕES SAMUEL CASAL

Atual Editora

São Paulo, 2014.
1ª edição

Conforme a nova ortografia

Coleção Três por Três
Gerente editorial
Rogério Carlos Gastaldo de Oliveira
Editora
Andreia Pereira
Coordenação e produção editorial
Todotipo Editorial
Assistência editorial
Bárbara Prince e Flávia Zambon
Supervisão de revisão
Fernanda A. Umile
Revisão
Isadora Prospero, Ana Cortazzo e Isabela Noberto
Pesquisa iconográfica
Cristiano R. Vieira e Cristina Akisino (coord.)
Produtor editorial
Elcyr Alberto
Diagramação
Elis Nunes
Colaboradores
Projeto gráfico
Aeroestúdio
Produtor gráfico
Rogério Strelciuc
Ilustrações
Samuel Casal
Coordenação
Marcia Kupstas
Suplemento de leitura e projeto de trabalho interdisciplinar
Fabiana C. Pellegrini
Preparação de textos
Cláudia Cantarin
Impressão e Acabamento
Log&Print Gráfica e Logística S.A.

CIP – Brasil. Catalogação na Publicação
Sindicato Nacional dos Editores de Livros (RJ)

R614t

Rodrigues, Sonia
Três filhas / Sonia Rodrigues ; coordenação Marcia Kupstas ; ilustração Samuel Casal. - 1. ed. - São Paulo : Atual, 2014.

96 p. : il. ; 23 cm.

ISBN 978-85-357-1933-8

1. Ficção infantojuvenil brasileira. I. Kupstas, Marcia. II. Casal, Samuel. III. Título.

14-11123 CDD: 028.5
CDU: 087.5

Rua Henrique Schaumann, 270 — Pinheiros
05413-010 — São Paulo — SP

SAC 0800 - 0117875
De 2ª a 6ª, das 8h30 às 19:30
www.editorasaraiva.com.br/contato

1ª edição
2ª tiragem, 2022
820336.001.001

SUMÁRIO

Prefácio

Três filhas intensas 7

ANTÍGONA 13

Sófocles 14
1. Origem 15
2. Ismênia 16
3. Creonte 17
4. Anônimos 19
5. Hémon 21
6. Tirésias 24
7. Antígona 26
8. Eurídice 27

REI LEAR 31

William Shakespeare 32
1. Origem 33
2. Cordélia 34
3. França e Borgonha 37
4. Goneril 39
5. Regan 43
6. Gloucester 48
7. Edgar 54

A FILHA QUE DEU CERTO 61

Sonia Rodrigues 62

1. Volta 63
2. Clara 64
3. Roberto 66
4. Címtia 67
5. Guta 69
6. Pedro 75
7. Adriana 78
8. Marinês 81
9. Duda 86
10. Madrinha 89
11. Heloísa 90

TRÊS FILHAS INTENSAS

Três autores, três épocas, três lugares... e um tema central, reunindo três diferentes narrativas. Quantas semelhanças pode haver entre essas histórias, quantas são suas particularidades...

O que as famílias esperam das filhas? Talvez a virtude mais almejada seja a obediência. Certamente, porém, as filhas mais eminentes na História e nas Artes são aquelas que se rebelaram do papel que lhes era destinado.

Antígona, protagonista da peça homônima escrita por Sófocles aproximadamente em 442 a.C., é filha dedicada ao pai, Édipo, e o acompanha no exílio. Após a morte deste, retorna a Tebas e encontra a cidade em meio a uma guerra fratricida. O trono é disputado por seus dois irmãos, Etéocles e Polinices. Ambos morrem em duelo e o tio, Creonte, assume o trono, decretando luto e honras para Etéocles e o abandono do cadáver de Polinice ao relento. É quando Antígona se rebela. Apesar de ser pretendente de Hémon, filho de Creonte, ela critica o futuro sogro. Crê que acima da lei dos homens está a lei dos deuses e que nenhum rei deve questionar o respeito aos mortos.

Antígona, com alguma ajuda da irmã Ismênia, tenta sepultar o irmão, mas é descoberta. Levada ao rei, ela o confronta num dos diálogos mais

intensos da dramaturgia universal: "Para mim, meu tio, negar a um morto um tratamento digno é afrontar os deuses. Eu prefiro ficar contra uma pessoa só a ficar contra as leis divinas". Quando Creonte afirma que apenas ela pensa assim, Antígona corajosamente diz que "os tiranos confundem silêncio com aceitação. Os tebanos têm é medo de se pronunciar contra a sua tirania". É acusada de traição e se resigna ao destino de ser encerrada em uma caverna para morrer. Creonte, mais tarde, tenta desfazer o mal, porém já detonou a tragédia familiar, num desfecho de mortes.

Coragem e determinação também são marcantes no comportamento de Cordélia, a filha caçula do rei Lear, na peça homônima de William Shakespeare. Esse rei, figura mítica de antigas lendas britânicas, resolve abdicar o trono em favor das filhas. Para escolher a mais privilegiada, ele as convoca e pede que Goneril, Regan e Cordélia definam seu amor por ele. As mais velhas despejam elogios hipócritas, mas Cordélia é sincera e diz: "Amo meu pai como uma filha deve amar seu pai, nem mais nem menos".

O rei não gosta da resposta, insiste. Cordélia defende sua posição e é deserdada. O reino é dividido entre as filhas Goneril e o marido, o duque de Albany, e Regan e seu marido, o duque de Cornwall. O pretendente de Cordélia, rei da França, aceita-a sem dote, mas declara guerra à Inglaterra. Em meio às batalhas, o rei Lear visita uma e outra filha, mas recebe ingratidão ou indiferença. Enlouquecido e arrependido, busca consolo nos braços de Cordélia, que o perdoa e o aceita.

Em *A filha que deu certo*, de Sonia Rodrigues, o tema do relacionamento entre pai e filha se entrelaça com a rivalidade e o ciúme entre irmãs. Heloísa, fotógrafa de fama internacional, retorna ao lar após a morte do pai para conviver com meias-irmãs ressentidas e reavaliar o homem que ele foi, descobrindo seu senso de humor, sua discrição e paciência.

Os sentimentos que as filhas têm pelo pai apresentam muitas faces. Reconhecemos a abnegação de Antígona por Édipo, nos indignamos com a bajulação e a ingratidão das filhas mais velhas de Lear e nos comovemos com a compaixão da caçula, Cordélia. Junto com Heloísa, acompanhamos os altos e baixos dos relacionamentos familiares e listamos as virtudes de um pai às vezes distante.

A coleção **Três por Três** pretende aproximar essas narrativas quanto a seu assunto central e permitir que o leitor reconheça suas semelhanças. Mesmo que séculos separem *Antígona*, *Rei Lear* e *A filha que deu certo*, esses sentimentos são intensos e marcantes na trajetória das protagonistas e impressionam os leitores que acompanham as histórias.

Afinal, a proposta inovadora da coleção **Três por Três** consiste na adaptação modernizada de textos antigos, de autores significativos da literatura universal, que dialogam com uma história de escritor brasileiro, também autor das adaptações. E tem como desafio maior seduzir o jovem leitor para que conheça o que já foi feito em outras épocas, sobre temas que, mesmo em nossos dias, continuam relevantes e desafiadores.

Boa leitura!

Marcia Kupstas

Não choram somente os fracos.
O mais destemido e forte,
um dia, também pergunta,
contemplando a humana sorte,
se aqueles por quem morremos
merecerão nossa morte.

Cecília Meireles
Romanceiro da Inconfidência

ANTÍGONA

Sófocles

Adaptação de Sonia Rodrigues

SÓFOCLES.

Grego, nasceu em Colono em c. 497 a.C. e morreu em Atenas em c. 406 a.C. Junto com Ésquilo e Eurípides, compõe a tríade consagradora da tragédia grega.

Filho de Sófilo, um rico fabricante de armaduras, o jovem Sófocles tem educação esmerada e destaca-se desde cedo no cenário intelectual da cidade-Estado de Atenas: aos 16 anos, é escolhido para liderar o canto do triunfo, comemorando a vitória na batalha de Salamina (480 a.C.).

Adulto, participa ativamente da vida política, no período conhecido como a Era de Ouro da cultura clássica, que perdurou de 478 a.C. a 429 a.C., sob o governo do líder e estrategista Péricles. É eleito duas vezes para a Junta de Generais e dirige o Departamento do Tesouro. Porém, é no teatro que a glória de Sófocles se concretiza: ao longo de quase 50 anos, suas tragédias vencem 24 dos 30 concursos de que participam e nunca ficam abaixo do segundo lugar. Seus contemporâneos, os igualmente famosos Ésquilo e Eurípides, vencem 14 e 4 competições, respectivamente.

Escreve mais de 120 peças, mas apenas sete sobreviveram intactas até nossos dias: Ájax, Antígona, As traquínias, Édipo Rei, Electra, Filoctetes *e* Édipo em Colono. *Suas tragédias inovam na concepção teatral, valorizando o papel do ator (ao elevar o número de atores em cena de dois para três, reduz a importância do coro), além de destacar a cenografia.*

Sófocles tem uma vida longa: morre aos 90 anos. Presencia tanto o triunfo grego nas Guerras Persas como a carnificina fratricida contra Esparta, na Guerra do Peloponeso (431 a.C. a 404 a.C.). Apesar de respeitado e homenageado, na velhice sofre alguns contratempos com seus familiares, que tentam declará-lo incapaz. Mesmo assim, influencia o filho Iofon e o neto homônimo, que se tornam dramaturgos, sem o mesmo talento, contudo, do ilustre predecessor.

As tragédias gregas narravam dramaticamente a trajetória de heróis e famílias nobres que caíam em desgraça por contrariar os deuses. Os textos de Sófocles enfatizam a punição dos excessos de paixão e valorizam o papel do destino na ação dos homens. Em Antígona, *o que fascina ainda mais é o fato de ser uma mulher a assumir o papel heroico de contestar a autoridade despótica, defendendo a lei dos deuses contra a arrogância dos homens. Mais de vinte séculos depois, a determinação dessa filha de Édipo conquista corações e mentes de todas as plateias.*

1
ORIGEM

A PRINCESA ANTÍGONA nasceu filha de Édipo e de Jocasta, reis de Tebas, na antiga Grécia. Era a terceira dos irmãos. Dois rapazes e duas moças: Etéocles, Polinices, Antígona e Ismênia.

Contam os antigos que Tebas foi fundada por Cadmo, mercador fenício ao qual alguns atribuem a invenção da escrita. Muitas gerações depois, nasceu Antígona. Quando? Por volta de 1500, 1300 antes do nascimento de Cristo.

Antígona era muito apegada ao pai, Édipo, é o que se tem notícia. Aquela família passara por grandes problemas. Primeiro, uma peste se abateu sobre Tebas. O rei Édipo fez o que os reis costumavam fazer naquele lugar, naquela época. Enviou Creonte, irmão de Jocasta, ao oráculo de Delfos para descobrir por que os deuses estavam punindo Tebas daquela maneira.

As profecias em Delfos eram, em geral, enigmáticas, difíceis de decifrar. Daquela vez, no caso da peste que se abateu sobre Tebas, na adolescência de Antígona, a profecia não podia ser mais clara: os deuses estavam irados porque a cidade abrigava um regicida.

Édipo era um homem de temperamento impulsivo, de decisões rápidas. Ao ouvir de Creonte a notícia de que a peste era causada pelo criminoso que matou Laio, o rei que o antecedeu, não hesitou em decretar que o

desconhecido seria banido de Tebas, assim que fosse descoberto, junto com toda sua descendência e quem quer que o apoiasse.

As investigações, conduzidas pelo próprio rei, chegaram a uma conclusão trágica: Édipo matara, no passado, um homem numa briga na estrada. O homem era o rei Laio. Dessa forma, Édipo, pai de Antígona, era o regicida e foi banido, conforme suas ordens.

Quem acompanhou o pai no exílio em Colono e ficou ao seu lado até o fim? Antígona. Quando Antígona voltou a Tebas, foi curto o seu período longe de atribulações familiares. Só deu tempo de rever seu primo Hémon, filho de Creonte, ficar noiva dele e reviver suas diferenças de opinião com a irmã Ismênia.

Antes que o casamento se realizasse, os dois irmãos de Antígona, Etéocles e Polinices, entraram numa disputa sangrenta pelo trono de Tebas.

Ao final da guerra, Etéocles morreu pela espada de Polinices e este morreu em seguida, em função de ferimentos graves sofridos no corpo a corpo com o irmão.

2
ISMÊNIA

CREONTE ASSUMIU O poder, em Tebas, como regente depois da morte dos irmãos de Antígona.

Não era a primeira vez que ele exercia esse cargo. Fora regente após a morte de Laio, durante o exílio de Édipo. Nunca antes, porém, reinara em Tebas por causa de uma guerra, de uma tentativa de invasão por cidades vizinhas. Ainda mais uma tentativa de invasão comandada por uma pessoa da família.

Como regente, Creonte determinou que o sobrinho Polinices não poderia receber os ritos fúnebres. O corpo do traidor seria largado, jogado, deixado para que os animais devorassem os restos mortais, sem direito a sepultamento.

Creonte entendia que isso serviria de exemplo para todos os que pretendessem ir contra o governo de Tebas. Só Etéocles, que tentara manter Tebas unida, teria direito a um sepultamento digno.

Tebas era uma cidade pequena para os padrões atuais. Um edital real – e Creonte, naquele momento, era o rei – foi proclamado na praça central. Antígona estava na praça quando o arauto deu voz à decisão.

Antígona era muito apegada à família. Creonte era seu tio e futuro sogro. Foi um choque ouvir sobre o édito que escolhia dar razão a um de seus irmãos e excluir o outro para sempre. O edital condenava um morto. Sua primeira atitude foi procurar Ismênia para decidirem o que fazer.

Ismênia ouviu a irmã num silêncio constrangido. Eram filhas dos mesmos pais, mas ela não colocava sua vida ou opiniões acima das circunstâncias.

– Como nosso tio pôde fazer uma coisa dessas? – disse Antígona. – Os laços de sangue estão acima das regras do Estado.

– Se Polinices concordasse com você, não teria reunido sete cidades para marchar contra o próprio irmão, contra nossa família.

– Foi Etéocles quem começou tudo, se recusando a respeitar o combinado e entregar o trono quando acabou seu turno – reagiu Antígona.

– Está vendo, você também acha que um tem mais razão do que o outro! – disse Ismênia.

– Independente de quem tem razão numa guerra, para mim, o respeito aos deuses está acima dos decretos do Estado.

Ismênia pensava diferente.

– O que falta para nós em termos de infortúnios? Nossos pais estão mortos, depois de uma relação amaldiçoada. Nossos irmãos se envolveram numa guerra, um deles contra nossa cidade. Não temos amigos.

– Nem por isso devemos desistir do que é certo – contra-argumentou Antígona. – Se Polinices não receber sepultamento adequado, sua alma estará condenada.

Os gregos antigos acreditavam que os mortos sem sepultamento eram condenados a vagar por cem anos na beira do rio que separava os mortos da sua morada na eternidade. Para Antígona, não enterrar um morto não poderia ser uma opção.

Ismênia também discordava da decisão de Creonte, mas, ao mesmo tempo, tinha medo da punição do rei para aqueles que ousassem enfrentá-lo. Se o tio era capaz de punir um morto, o que não faria com os vivos? Ela ainda pensou em prevenir Antígona dessa hipótese, mas a irmã já saía porta afora.

3 CREONTE

ANTÍGONA ENCONTROU CREONTE na praça onde ele escutava e arbitrava queixas de vizinhos contra vizinhos, dava ordens administrativas e conversava com os cidadãos mais velhos. Esse grupo era o de sobre-

viventes de guerras, homens que já haviam criado seus filhos e não tinham outra função social além de comentar o que acontecia. Ficavam por ali o dia inteiro e sabiam de tudo o que se passava dentro dos muros da cidade.

Antígona chegou e esperou que o tio a notasse, mas ele continuou despachando, conversando com um e outro nos intervalos. Não era comum que mulheres interrompessem conversas ou se dirigissem ao rei nessas ocasiões, a menos que houvesse uma queixa específica. Mulheres, na Grécia antiga, não eram nem cidadãs. No entanto, Antígona era uma princesa, sobrinha e futura nora de Creonte. Num determinado momento, ele olhou para ela e fez sinal para que falasse. Tomando coragem, Antígona deu um passo à frente.

– Vim aqui pedir ao senhor, como regente de Tebas, que não deixe o cadáver de meu irmão Polinices insepulto e sem os ritos sagrados.

Antígona talvez confiasse nos laços que os uniam. Afinal, não era só sua sobrinha, era também noiva de Hémon, filho de Creonte e de Eurídice. Apesar desses laços, a expressão de Creonte ficou, de imediato, carregada e ele respondeu com irritação:

– Antígona, como você tem o atrevimento de defender um traidor contra um morto que também era seu irmão?

– Meu tio, os dois eram meus irmãos. Os dois estão mortos – Antígona respondeu emocionada. – Toda família tem o direito e a obrigação de enterrar seus mortos da forma correta.

– Aqui, eu não sou seu tio ou tio dos que morreram. Sou o rei e devo zelar por Tebas. O que seria desta cidade se cada um decidisse, por conta própria, seguir ou não seguir a lei?

– Cabe ao rei então distinguir o que está acima da cidade – disse Antígona. – O respeito aos mortos, por exemplo.

– Nada está acima da cidade ou de um édito do rei – respondeu Creonte, já colérico. – Quem não quer ser punido em Tebas não deve ir de encontro ao rei de Tebas. Por isso, Polinices não será sepultado.

Nesse ponto, Creonte virou as costas para Antígona, para espanto e constrangimento dos que os rodeavam. Sem alternativa, ela se retirou da praça.

No pátio do palácio, os que escutaram os argumentos de Creonte e de Antígona começaram, a partir daí, a repensar a primeira impressão. De início, acharam o édito de Creonte justo porque estavam indignados por Polinices ter se levantado contra a cidade, ter desencadeado uma guerra, ter se aliado a vizinhos hostis. Depois da argumentação de Antígona, começaram a murmurar se seria justo deixá-lo insepulto.

4 ANÔNIMOS

HORAS DEPOIS DA conversa, da discussão, do conflito entre Antígona e Creonte, um guarda chegou desesperado ao palácio. Apesar da vigilância em torno do lugar onde jazia o corpo de Polinices, a ordem de Creonte fora violada. Não havia indícios de quem fizera aquilo. O corpo estava envolto em um lençol, como previam os ritos fúnebres, e fora coberto com uma camada leve de terra, como se fosse apenas para impedir o sacrilégio. Num primeiro momento, assim que os guardas o descobriram, se acusaram mutuamente pelo evento. Teriam brigado entre si, não fosse a intervenção de alguém que lembrou que a única alternativa era comunicar Creonte. Um deles foi escalado para a missão.

A irritação de Creonte se transformou em ódio e vontade de vingança contra quem tivesse cometido a transgressão. De início ele acusou o guarda:

– Você vendeu a alma por dinheiro e verá que o lucro desonesto leva os homens com mais frequência à ruína do que à prosperidade!

– Senhor, é terrível quando, embora preparado para ser um juiz, um homem julga mal – reagiu o guarda. – Nem me vendi, nem fui eu quem enterrou o corpo.

– Pode ir se divertindo – respondeu Creonte. – Mas se você e seu colega não encontrarem o autor do feito, vão descobrir que o ganho ilícito só traz mágoas!

O guarda saiu enquanto Creonte continuou esbravejando e o coro dos cidadãos mais velhos comentava entre si o incidente. O guarda foi ter com seus companheiros, decidido a fugir de Tebas e nunca mais voltar. Um deles, no entanto, o dissuadiu. Combinaram então o que fariam para tentar provar a inocência de todos.

Desenterraram o corpo, tiraram o linho com o qual alguém havia envolvido o cadáver e esconderam-se, permanecendo de guarda. De repente, uma ventania escureceu o sol do meio-dia, desfolhando as árvores, obrigando-os a fechar os olhos. Quando eles os reabriram, lá estava Antígona proferindo maldições contra quem quer que tivesse desenterrado o corpo. Ela lavou o cadáver com água que trouxera em um vaso e o envolveu em linho; tentava enterrá-lo de novo, quando os guardas saíram do esconderijo e a surpreenderam.

Para alegria e tristeza dos guardas – alegria por se livrarem da acusação e tristeza por pressentirem o castigo que seria dado à princesa –, Antígona não negou que estava ali para enterrar melhor o irmão.

O guarda então conduziu Antígona até Creonte.

– Aqui está a autora da façanha! Estava há pouco acabando de enterrar o corpo de Polinices – disse o guarda.

Dessa vez, ele havia trazido seus companheiros como testemunhas e eles contaram tudo o que se passara.

– Vocês estão dispensados, vão, vão cuidar de seus afazeres – disse Creonte e então voltou-se para Antígona e perguntou com severidade: – Hoje mesmo, pela manhã, eu não reafirmei por que existia um édito proibindo que enterrassem o cadáver de Polinices? Édito do qual você já sabia e sobre o qual insistiu em falar comigo?

– Sabia – confirmou Antígona. – Era notório.

– E mesmo assim se atreveu a desobedecer à lei? – A voz de Creonte tremia de raiva.

– A lei divina está acima da sua lei para mim. Eu não poderia deixar sem sepultura um dos filhos de minha mãe. Eu lhe pareço insensata por agir assim? Pois, para mim, insensata é a sua atitude.

Os anônimos que por ali estavam voltaram a murmurar. Alguns concordavam com Antígona, mas todos temiam pela maneira como ela falava com Creonte.

– Quem deve obediência ao próximo não pode ter pensamentos arrogantes como os seus – disse Creonte. – Além do mais, odeio aqueles que, pilhados no crime, procuram dar-lhe a aparência de heroísmo.

– Para mim, meu tio, negar a um morto um tratamento digno é afrontar os deuses. Eu prefiro ficar contra uma pessoa só a ficar contra as leis divinas.

– Você é a única que pensa assim em toda a cidade de Tebas – disse Creonte, possesso. – Ninguém quer sepultar o traidor da nossa terra.

– Os tiranos confundem silêncio com aceitação – disse Antígona. – Os tebanos têm é medo de se pronunciar contra a sua tirania.

– Você não pode ter feito isso sozinha – lembrou Creonte. Ele dirigiu-se aos guardas que por ali esperavam o desenrolar dos acontecimentos: – Busquem a irmã; se Ismênia estiver envolvida, serão punidas as duas.

A casa modesta onde moravam Antígona e Ismênia era próxima e em nada lembrava o palácio onde elas haviam nascido, quando eram filhas dos reis de Tebas. Em minutos, Ismênia estava diante do tio e regente.

– Você estava de conluio com sua irmã para desobedecer a um édito real? – perguntou Creonte.

– Nunca, meu tio. Eu sabia o que ia acontecer, mas não tive coragem de cumprir os ritos fúnebres – admitiu Ismênia.

– Então você também é culpada – disse Creonte, cego de ódio.

– Se é errado não ter coragem de denunciar minha própria irmã, a única irmã que me restou, eu sou culpada – admitiu Ismênia.

– Não quero seu apoio – reagiu Antígona. – O morto e os deuses sabem a verdade. A responsabilidade é só minha. Não quero o apoio de alguém que só comparece com palavras.

– Não se pode manter viva uma pessoa que contesta o poder da própria terra. – Creonte agora estava frio.

– Que valerá minha vida sem minha irmã? – Ismênia começou a chorar.

– Pergunte a Creonte – disse Antígona.

Creonte voltou-se para os cidadãos que ali faziam coro para o que ocorria na cidade e, dessa vez, teceu comentários sobre as sobrinhas: uma, Antígona, era insana desde o nascimento e a outra acabara ficando insana pelas circunstâncias.

– Meu tio condenará à morte Antígona, mesmo minha irmã sendo noiva de Hémon, seu filho? – apelou Ismênia, interrompendo a conversa do regente e tio com o grupo.

– A morte me poupará de ter Antígona como nora – disse Creonte. – Não quero que meu filho case com essa mulher má.

– Meu querido Hémon, desprezado por seu próprio pai – lastimou Antígona.

O corifeu, chefe dos guardas, perguntou a Creonte, à parte:

– O rei vai mesmo arrebatá-la do seu próprio filho?

– A morte vai impedir esse casamento – respondeu Creonte.

O coro dos anônimos murmurava entre si sobre a fúria sem-fim de Creonte, que condenara as duas últimas filhas de Édipo e Jocasta à morte. Mas nem as ponderações do corifeu, nem os comentários do coro o impediram de mandar que os guardas levassem Antígona e Ismênia embora.

5 HÉMON

AS DUAS IRMÃS foram levadas pelos guardas e a velha criada chorosa, que veio para a praça assim que correu o rumor de que seriam punidas. Nesse momento, chegou Hémon, filho de Creonte. Ele também acabara de ouvir

que Antígona seria executada e não pôde acreditar naquilo. Por isso, viera procurar o pai.

Creonte tomou a dianteira, antes que o filho se manifestasse:

– Meu filho, você chega enraivecido por causa da minha sentença contra sua noiva ou somos sempre amigos, qualquer que seja minha atitude?

– Meu pai, casamento algum me importa tanto quanto sua orientação – disse Hémon.

– Isso é o que eu queria ouvir, meu filho – exultou Creonte. – Filhos bem-criados devolvem aos inimigos dos pais o mal que lhe fizeram. E honram os amigos de seus progenitores.

Satisfeito, Creonte ainda disse para o coro:

– Existe no mundo uma coisa pior do que uma esposa má? – Creonte voltou-se para o cidadão mais próximo. – Não podemos permitir que nos vença uma mulher.

– Meu pai, os deuses implantaram no homem a razão, o maior bem de todos – disse Hémon, conciliador. – Mas é meu dever alertá-lo do que as pessoas simples murmuram pela cidade.

Creonte parou onde estava e perguntou:

– O que dizem as pessoas simples?

– Dizem que nenhuma mulher mereceu menos do que ela essa condenação. Dizem que ela merecia uma medalha por não ter deixado o corpo do irmão para as aves de rapina e os cães.

Creonte ficou olhando para o filho com expressão neutra. Animado por isso, Hémon continuou:

– Não há vergonha em, sendo sábio, aprender cada vez mais. Nas tormentas, as árvores flexíveis salvam-se inteiras, enquanto as que não podem se dobrar são arrancadas pelas raízes. Peço, meu pai, que abandone a sua ira!

– Convém, senhor, que aprenda também com seu filho – apelou o corifeu.

– Devo então mandar em Tebas com a vontade dos outros, e não com a minha? – perguntou Creonte ao filho.

– Não há cidade que pertença a um homem só – retrucou Hémon.

– Ele parece um aliado da mulher – espantou-se Creonte, dirigindo-se ao coro.

– Só se o senhor for mulher, meu pai, porque os meus cuidados são na sua direção.

Pela primeira vez, um cidadão anônimo se animou a ponderar. Esse alguém tentou apaziguar os ânimos, argumentando que talvez a decisão de Creonte fizesse Antígona se tornar uma heroína, em vez de mostrá-la

como vilã. Um e outro também argumentaram. Em vão. Creonte manteve a decisão de condenar Antígona à morte. Aquela atitude desesperou Hémon.

– A condenação de minha noiva é uma condenação a mim também – acusou Hémon. O coro concordou em murmúrios. A condenação tornava Antígona a noiva da morte, não mais de Hémon.

– Meu pai não me verá nunca mais! – disse Hémon, saindo do palácio.

A ameaça do filho enfureceu ainda mais Creonte. O soberano de Tebas decretou, depois que Hémon saiu do palácio, que Antígona fosse aprisionada numa caverna escavada na rocha, só com o alimento indispensável, para que seu fim fosse lento.

– Que todos possam ver que esse é o destino daqueles que se colocam entre o rei e seu objetivo de trazer a glória novamente aos tebanos – disse Creonte para todos que, apreensivos, escutavam os desdobramentos de sua decisão.

– Que Antígona faça, enquanto estiver trancada na caverna, uma prece ao deus dos mortos, o único que ela venera. Talvez assim obtenha a graça de não morrer. – Essas foram as palavras de Creonte antes de se retirar para o interior do palácio.

Do ponto em que estavam na praça, que ficava num lugar mais elevado, os que ficaram por ali puderam ver os guardas conduzindo Antígona para fora da cidade.

Um dos cidadãos mais velhos de Tebas não conseguiu reprimir as lágrimas ao ver aquilo. Um amigo o consolou murmurando:

– Pelo menos ela está indo se encontrar com o destino que escolheu para si mesma e deve saber que muitos de nós compreendemos o que fez. Veja, Creonte vai falar com ela!

Realmente, Creonte saíra do palácio, sozinho, e dirigia-se a Antígona. Estava ali para dizer à noiva do filho suas últimas palavras:

– Como consequência de sua soberba, além de uma morte terrível, você ainda terá que suportar a solidão. Porque nenhum ser humano há de tocá-la novamente.

– Graças à sua intransigência, meu tio, o túmulo também será meu leito nupcial. Despeço-me não da minha terra, dos poucos que restaram da minha família, e sim da chance de me tornar esposa de Hémon.

Os guardas que assistiam ao diálogo sentiram as lágrimas chegarem aos olhos e ainda esperaram que Creonte recuasse da decisão. Como nada aconteceu, eles conduziram Antígona para seu triste fim. Um silêncio de mau augúrio se instalou sobre o pátio do palácio.

6
TIRÉSIAS

HORAS SE PASSARAM e a praça ao redor do palácio permaneceu em um silêncio tenso mesmo depois que Creonte voltou para despachar os assuntos de rotina.

O rei sentou-se na parte coberta da praça e um ou outro cidadão se aproximava, com medo ou constrangimento, para apresentar sua reivindicação. Creonte, aparentando tranquilidade, negava ou aprovava o que lhe pediam, talvez com um pouco mais de magnanimidade do que o habitual.

– O rei tenta mostrar que o equilíbrio se mantém em Tebas – explicou um cidadão mais velho, em voz baixa, como se estivessem num velório e como se os outros precisassem ser tranquilizados.

– Se o equilíbrio se mantém em Tebas, o que o adivinho Tirésias veio fazer aqui? – perguntou um dos que estavam por perto, apontando para o velho cego que se aproximava deles amparado por um menino.

A expectativa com a aproximação de Tirésias foi grande. Ele era o maior adivinho de toda a Grécia. Contavam que, por castigo de Zeus, fora certa vez transformado em mulher, mas, como manteve a capacidade de enxergar muito além do que qualquer humano, o deus lhe devolvera o corpo e lhe tirara a visão. Fora Tirésias quem aconselhara Édipo, pai de Antígona, a deixar o passado para trás e não tentar descobrir quem era o regicida que habitava Tebas. Quando Édipo recusou-se a seguir seu conselho, Tirésias disse sua frase mais famosa: "Como é triste o dom da sabedoria quando não serve a quem o tem".

O que Tirésias estaria fazendo ali? Era o que todos queriam saber, mas ninguém tinha coragem de perguntar. Os acontecimentos das últimas horas aterrorizavam todos. Não sabiam o que ainda estava por acontecer.

Creonte foi o primeiro a falar:

– Então, velho Tirésias, quais as novidades?

– Já vou dizer, desde que o rei acredite no profeta – respondeu Tirésias.

– Nunca fui desatento às suas advertências – disse Creonte. – Em especial nas ocasiões em que Tebas esteve enferma.

– É por sua causa e por suas decisões que Tebas está enferma. Nossos altares estão poluídos pela carniça do cadáver do desditoso filho de Édipo, espalhada pelas aves e pelos cães. Por isso os deuses já não escutam nossas preces. O rei precisa parar e pensar em tudo isso.

Silêncio de Creonte, do corifeu e de todos os que ali estavam, uns sem coragem de sair depois da condenação de Antígona, outros por curiosidade do que aconteceria a seguir. Tirésias não se intimidou:

– Todos os homens erram, mas quem comete um erro não é insensato, nem sofre pelo mal que fez se o remedia – continuou ele. – A intransigência leva à estupidez. Matar de novo um morto não é prova de coragem. Convém ouvir conselhos se são para nosso proveito.

– Velho, não pode me fazer de alvo do seu poder de adivinho – disse Creonte controlando a irritação. – Há muito tempo, gente do seu tipo faz de mim o seu negócio, mas aquele cadáver não será enterrado. Nem se as águias de Zeus levassem até seu trono pedaços da carniça, eu concordaria com esse funeral. É vil, Tirésias, disfarçar o desejo de lucro com belas palavras.

– O rei está enfermo e de um grande mal – disse Tirésias.

– Para não insultar um adivinho, eu me calo – disse Creonte. – Sei que os profetas são gananciosos.

– E os tiranos amam o ganho sórdido – retrucou Tirésias.

– Cuidado, velho, você está falando com o rei – ameaçou Creonte.

– Eu sei disso; graças a mim, Creonte é rei – zombou Tirésias.

– Tirésias é sábio, mas também é amigo da injustiça – rebateu Creonte. – Pode revelar o que quiser, mas não terá lucro a sua profecia.

– Também penso que não terei lucro – disse Tirésias. – Pois então fique sabendo que, antes de o sol se pôr, o rei enterrará um parente em punição por ter enterrado Antígona viva. – Ele se voltou para os cidadãos apavorados com a profecia. – Mais que isso, todos aqueles que morreram insepultos se lançarão sobre Creonte e ele não terá mais sossego.

Tirésias, tomado de ira justa, colocou a mão sobre o ombro do menino que o guiava.

– Vamos para casa. Tomara que um dia o rei aprenda a não lançar sua raiva contra os mais moços e mais justos. Tomara que um dia ele aprenda a controlar seus sentimentos!

Depois que Tirésias saiu, o corifeu se dirigiu a Creonte, que ficara atônito com as palavras do adivinho cego.

– Senhor, escuto as profecias de Tirésias desde minha juventude e ele nunca falhou nas suas previsões sobre a cidade.

– Estou estarrecido porque também tenho medo do castigo divino previsto pelo adivinho – disse Creonte, lívido. – O que o corifeu acha que se deve fazer?

– Acho que o rei deveria ir até a caverna onde está encarcerada sua sobrinha e libertá-la – disse o corifeu. – E também dar um túmulo ao morto.

– Serei obrigado a renunciar à minha decisão? – lamentou Creonte.

O silêncio que se seguiu às suas palavras era de claro temor e desaprovação.

– Infelizmente, o velho cego nunca errou uma maldição! – cedeu Creonte de má vontade. – Vamos.

O rei saiu acompanhado de vários servos e cidadãos que se aglomeravam no afã de vê-lo corrigir os erros cometidos. Esperavam todos que assim se pudesse evitar o castigo dos deuses previsto por Tirésias.

7 ANTÍGONA

OS GREGOS ANTIGOS diziam que a tragédia ocorre quando os seres humanos, por suas próprias características, insistem em trilhar um caminho que os leva a situações sem saída. Ao precipício, à morte, à destruição.

Quando Creonte e seus acompanhantes chegaram à elevação onde o corpo de Polinices ainda estava por sepultar, encontraram seus restos quase destruídos por cães. Eles lavaram o que sobrara do corpo, enquanto pronunciavam orações para suavizar a ira da deusa das encruzilhadas e do deus do reino dos mortos. Depois, incineraram seus restos e fizeram um sepulcro para ele.

Feito isso, dirigiram-se à caverna e de longe já escutaram pungentes gemidos e gritos. Creonte, apreensivo, julgou identificar a voz de Hémon nos lamentos. A comitiva real se precipitou para o local e, por ordem do rei, os servos removeram a lápide que fechava a caverna.

Ao chegar ao interior da caverna, onde esperava livrar a sobrinha da pena de morte, Creonte a encontrou morta. Enforcada com tiras de pano.

Perceberam todos que Antígona, para não se submeter ao suplício de morrer lentamente de sede e de fome, como fora ordenado por Creonte, dera fim à própria vida.

À frente deles, Hémon, abraçado ao corpo da amada, chorava, desolado.

– Saia daqui, meu filho, eu suplico, imploro – pediu Creonte também em prantos, tentando afastar o filho do cadáver de Antígona.

Hémon soltou o cadáver somente para cuspir no rosto do pai. Desesperado, afastou-se dele e sacou a espada para matá-lo. Creonte desviou-se do golpe, e o filho, puxando a lança do pai, enfiou o metal no próprio peito.

Os tebanos que acompanhavam o rei gritaram horrorizados, porque o corpo de Hémon estava preso ao de Creonte num abraço macabro. Da maneira como Hémon havia feito, ninguém teria dúvida de que o filho fora morto pela lança ainda presa ao corpo do pai.

8 EURÍDICE

UM MENSAGEIRO ESTAVA entre os que assistiram à tentativa de Creonte de corrigir suas decisões anteriores. Ele voltou imediatamente à cidade com as notícias do que tinha acontecido.

No palácio, encontrou o corifeu e alguns cidadãos. Quando o mensageiro chegou correndo, esbaforido, o chefe militar foi o primeiro a se manifestar:

– E então, os erros foram corrigidos? Procuramos Hémon e Ismênia por toda parte...

– Nada sei de Ismênia, mas Hémon tentou matar o pai e, não conseguindo, tirou a própria vida – contou o mensageiro ofegante da corrida e ainda horrorizado com o que tinha assistido.

– A profecia de Tirésias se realizou! – disse o corifeu e vários velhos em torno menearam a cabeça em concordância, horrorizados. – Tirésias nunca errou uma profecia.

– Temo que outras más notícias se sigam a essa – disse o corifeu, ordenando ao mensageiro: – Vai e conta a Eurídice, mãe de Hémon, esposa de Creonte, o que se passou na caverna.

Obediente, o mensageiro foi até a casa de Creonte e encontrou na porta Eurídice, que já se inquietava com o sumiço do filho. O mensageiro repetiu o que vira:

– Minha cara senhora, as notícias não são boas. Pior, como testemunha dos últimos eventos, diria que são mais que ruins.

– Dizem respeito ao meu filho? – perguntou Eurídice. – Fala, não quero que omita uma palavra sobre o que aconteceu.

O mensageiro, com voz embargada, obedeceu e descreveu para Eurídice a trágica série de eventos resultantes da ordem de Creonte.

– Antígona explicou para Creonte, antes de enterrar Polinices, que não se tratava de desobedecer, e sim de seguir a lei divina em relação aos mortos? – perguntou Eurídice, calma e lívida.

– Mais de uma vez, minha senhora – disse o mensageiro já chorando e tremendo de medo da frieza que transparecia na voz de Eurídice.

– Hémon pediu a Creonte que poupasse Antígona, antes de ela ser emparedada viva? – insistiu Eurídice com os olhos secos.

– Hémon pediu, senhora. Implorou.

– Tirésias avisou a Creonte que ele enterraria um parente em função da sua intransigência? – perguntou Eurídice, como se fosse para deixar bem claro, para si mesma, o que tinha acontecido.

– Avisou – disse o mensageiro quase sem voz.

– Você pode ir – ordenou Eurídice. – Eu agradeço seus esclarecimentos.

Eurídice entrou na casa, dirigindo-se, trôpega, aos seus aposentos.

Quando o mensageiro voltou para o palácio, foi severamente censurado pelo corifeu e por todos os que ali esperavam por Creonte e sua comitiva.

– Como você deixa uma mulher sozinha, nessa situação, nesse estado? Ela é mãe, viu os filhos de Édipo e Jocasta crescerem, acompanhou o noivado de Hémon e Antígona. Onde você estava com a cabeça? – gritou o corifeu.

Todos abandonaram o palácio e se dirigiram à casa de Creonte, mas, quando chegaram aos aposentos de Eurídice, ela jazia morta.

– Não suportou lidar com a morte de tantos, e, entre eles, seu filho amado... – chorava uma escrava aos pés da morta.

Nesse momento, Creonte chegou com o cadáver do filho e deparou com a cena.

– Pobre de mim! – gritou Creonte. – É o castigo divino às minhas decisões!

– Ela chegou aos pés do altar, pegou a faca, lamentou a morte de Hémon, amaldiçoou Creonte, assassino de seu único filho, e cortou fundo o próprio fígado – choramingou a escrava.

– Levem-me daqui – pediu Creonte. – Que eu seja conduzido para longe da desgraça que construí para esta cidade e para minha família.

– Suas palavras são a única coisa boa em meio a tantas coisas ruins que sucederam nos últimos dias – concordou o corifeu. – Quanto mais cedo o mal for para longe, melhor para Tebas.

– Que aconteça a última das mortes, a minha! Mate-me! – pediu Creonte.

– Não me peça isso – disse o corifeu. – Não depende dos seres humanos a hora da sua morte.

– Levem-me então para bem longe – pediu Creonte, colocando as mãos, pela última vez, sobre o cadáver de Hémon. – Levem-me embora porque sinto que o destino será ainda pior comigo.

Creonte foi levado para o exílio, para fora dos muros da cidade, como acontecera com Édipo um dia. Os cidadãos que ficaram comentaram entre si o ocorrido.

– A prudência é a condição mais importante para a felicidade – disse o velho que já se manifestara antes.

– Quanto mais arrogância nas palavras e nos gestos, mais o homem arrogante será atingido por golpes, até aprender a agir na medida certa – concluiu outro ancião.

Eles foram então providenciar o enterro de Eurídice, Hémon e Antígona. E a noite estendeu-se com os cânticos fúnebres por toda a cidade.

REI LEAR

William Shakespeare

Adaptação de Sonia Rodrigues

WILLIAM SHAKESPEARE.

Inglês, nasceu em Stratford-upon-Avon em 1564 e faleceu na mesma cidade, em 1616. Pouco se sabe de sua vida particular, além de que se casa aos 18 anos com uma mulher mais velha, Anne Hathaway, e tem três filhos. Em fins dos anos 1580 ou início dos anos 1590, vai para Londres tentar a carreira de ator. Mas é na produção literária de Shakespeare que a sua genialidade se revela. Desde os primeiros textos, provavelmente representados em eventos populares, até seus grandes dramas, encenados diante da corte da rainha Elisabeth I (1533-1603), o dramaturgo procura retratar a alma humana nas suas faces mais sublimes e grotescas, personificando, por exemplo, o ciúme e a inveja em Otelo; *a ânsia de poder em* Macbeth; *e o amor adolescente em* Romeu e Julieta. *É homenageado e reconhecido em vida, mas sua avassaladora influência na arte ocidental veio principalmente no século XIX, com o Romantismo, para se imortalizar entre todos os povos do mundo até os dias atuais.*

Essa capacidade de revelar a multiplicidade humana permite explicar a sua popularidade mesmo entre povos não ocidentais e além do limite do palco. Situações e personagens shakespearianos são constantes em séries e novelas de TV, filmes ou romances populares. Definir amantes apaixonados como "Romeu e Julieta", um homem ciumento como "Otelo" ou um traiçoeiro como "Iago", faz parte da herança cultural universal, muito além do âmbito restrito da dramaturgia do "bardo inglês", como também é carinhosamente nomeado.

Há Shakespeare para todos os gostos, essa é a verdade. Há o registro leve, em um inglês inclusive popular e informal, nos diálogos de comédias como As alegres comadres de Windsor *ou* A megera domada; *há o lirismo poético dos diálogos apaixonados em* Romeu e Julieta; *e há o rigor histórico no registro das vidas trágicas de Antônio e Cleópatra e Júlio César, nas peças homônimas, por exemplo.*

Rei Lear *(escrita em 1605 e encenada pela primeira vez em 1606) é uma obra madura de Shakespeare, que dispensa o apelo ao sobrenatural ou divino para concretizar o drama familiar, o "rebaixamento" do rei, que, por suas escolhas erradas, acaba detonando uma guerra fratricida e é desprezado pelas filhas mais velhas. O autor pode ter-se baseado em antigas lendas britânicas, mas o tema permanece atual e intenso: em 1985, o diretor japonês Akira Kurosawa adapta os personagens de* Rei Lear *à corte nipônica no filme* Ran, *que rendeu enorme bilheteria na época e continua seduzindo o público universal até hoje, numa obra impressionante e atemporal.*

1
ORIGEM

NUMA MANHÃ ENSOLARADA, por volta do ano 1200, na ilha da Bretanha, a corte real se reuniu para o anúncio de uma decisão já esperada.

Todos que estavam ali sabiam que o rei Lear se sentia velho e cansado, que queria dedicar-se a caçadas e a viagens curtas e não queria mais governar. Ele havia convocado a corte para um comunicado definitivo sobre um sonho que acalentava havia muito.

Aqueles eram tempos em que os reinos eram pequenos, um pouco maiores que um ducado, que, por sua vez, era um pouco maior que um condado, e o equilíbrio entre esses territórios dependia de habilidade e paciência – mais de habilidade e paciência que da força das armas.

Lear sentia que não lhe sobrava mais nenhuma das duas. Seu temperamento de ordinário voluntarioso havia se tornado irritadiço. Volta e meia se pegava interrompendo as pessoas quando tentavam lhe explicar alguma coisa ou fazer um pedido.

Ora, um rei tinha o tempo todo ao seu redor gente tentando explicar acontecimentos tortuosos ou fazendo pedidos descabidos. Lear estava saturado por essas circunstâncias. Suas filhas e genros eram jovens, eles que cuidassem dos súditos, das estradas, dos bandoleiros e dos impostos.

Um grande número de cavalheiros e damas já esperava o rei e sua família. Eram parentes mais ou menos próximos; uns, pequenos nobres, outros,

comerciantes abastados que, exatamente por serem abastados, haviam sido convidados para o grande anúncio.

Estavam em pequenos grupos, comentando as novidades, no burburinho de ansiedade que antecede grandes decisões, ainda mais entre pessoas que ficavam meses sem se encontrar umas com as outras.

As estradas muito precárias e os bandoleiros que vagavam por elas saqueando os que passavam eram circunstâncias que não favoreciam o contato frequente entre conhecidos que moravam distantes uns dos outros.

Ao ouvir os clarins, os convidados se espalharam próximos às paredes do grande salão de pedra, que era o principal espaço de convivência do castelo de Lear.

2
CORDÉLIA

AMIGOS E SERVIDORES de longa data do reino, o conde de Kent e o conde de Gloucester conversavam sobre a decisão do monarca de dividir o reino entre as filhas e os genros. Enquanto conversavam, chegou Edmund, filho ilegítimo de Gloucester, vindo de uma longa viagem patrocinada pelo pai.

Naquela época, há mais de oito séculos, não existia igualdade entre filhos nascidos dentro e fora do casamento, só o primogênito do primeiro casal herdava o reino. No caso de Edmund, o pai o reconhecia desde sempre e a convivência com o filho legítimo, Edgar, era amistosa.

Gloucester gostaria de conviver mais com o rapaz, como gostaria que seus amigos conhecessem melhor o seu filho. Por isso, aproveitando o encontro, perguntou ao conde de Kent se o rapaz poderia passar algum tempo no seu castelo.

– Kent, você se importaria de convidá-lo?

– De jeito nenhum, eu também quero conhecer melhor esse filho de quem você fala tanto – respondeu Kent.

Os dois condes acertavam detalhes do convite quando soaram os clarins e o rei Lear – acompanhado das filhas casadas, dos genros e de Cordélia – apareceu nos arcos do andar superior do castelo.

Uma mesa no fundo do salão estava semicoberta por um grande mapa desenhado em pergaminho. Um por um, os convidados espiaram o mapa,

que trazia as fronteiras do reino. Ao lado do mapa, pena e tinta. "Como será a divisão?", cochichavam.

Com o pedido de silêncio feito por um cortesão, a conversa se extinguiu e todos aguardaram o anúncio.

O rei começou seu discurso dizendo que sua maior dificuldade era calcular o tanto que caberia do reino a cada filha na divisão. Para resolver essa dúvida, ele imaginou um certame, um concurso, um torneio amoroso. A partir das palavras de cada uma das filhas, ele decidiria a divisão.

– Será uma divisão baseada no amor – ele afirmou, orgulhoso da saída encontrada.

Dirigindo-se à filha mais velha primeiro, Lear perguntou:

– Goneril, quanto você me ama?

– Meu pai, meu amor é maior do que as palavras podem dizer, é mais do que a luz dos meus olhos, mais do que o espaço. Amo meu pai mais do que a liberdade. Amo mais do que se podem amar o rico e o raro. Amo meu pai como amo a vida, a graça, o belo e a honra. Mais do que um filho pode e mais do que um pai concebe. Meu amor por meu pai é maior do que tudo.

Satisfeito, Lear riscou no grande mapa sobre a mesa o que caberia a Goneril e a seu marido.

– As terras contidas nesses limites, desta linha a esta outra, entrego a você, minha amada filha, e ao duque de Albany. São bosques amenos, amplas campinas, rios bons para a pesca e a navegação, campos generosos.

Os que estavam mais próximos não contiveram um murmúrio de encanto. Era uma região ao norte do reino, fronteiriça ao ducado de Albany. O duque e Goneril seriam poderosos com um quinhão tão fértil de florestas virgens e de terras já cultivadas.

O cortesão que atendia ao rei circulou entre os nobres mostrando a extensão das terras no mapa. Ouviram-se "Ahs" e "Ohs" extasiados.

O rei Lear, então, pediu para sua filha do meio, Regan, descrever o quanto ela o amava, com o mesmo intuito de saber o quanto do território bretão ela e seu marido, o duque de Cornwall, receberiam.

Limpando a garganta, Regan falou a todos os presentes:

– Sou do mesmo metal que a minha irmã. De idêntico valor. No coração vejo que ela falou do amor que é meu, mas sem dizer tudo. Eu sou inimiga de outras alegrias, só sou feliz no amor que tenho por meu pai.

Cada vez mais satisfeito, Lear marcou no mapa mais um trecho de seu reino, em igual medida, território que seria, a partir daquele momento, de Regan e Cornwall.

O rei se voltou, então, cheio de expectativa, para sua filha mais nova, sua favorita, Cordélia, em busca da descrição de seu amor por ele.

Cordélia era a única das filhas ainda solteira, mas a expectativa da corte era a de que não o seria por muito tempo. Dois dos seus pretendentes estavam ali, o rei da França e o duque de Borgonha. O seu quinhão no reino seria, também, o seu dote.

Cordélia estava impaciente ouvindo as irmãs falarem e os cunhados se deslumbrarem. No seu íntimo, duelava com a vontade de dizer o que pensava sobre os exageros das irmãs e a verdade sobre os sentimentos que nutria pelo pai.

Lear parecia esperar que ela se equiparasse às irmãs nos elogios, mas ela estava acostumada a ser sincera. Ao mesmo tempo, era confiante no amor que o rei sempre lhe dedicara. Por isso, resolveu contar como realmente se sentia.

– Amo meu pai como uma filha deve amar seu pai, nem mais nem menos.

Um silêncio estupefato se seguiu àquelas palavras. Os cortesãos se entreolharam, pois não esperavam esse tipo de estripulia da filha favorita do rei. Menos esperada ainda foi a reação do rei, que ficou lívido, depois muito vermelho; os olhos arregalaram-se como se ele estivesse tentando controlar uma explosão.

– Vamos lá, minha filha, corrija essa fala. Não é possível que seu amor por mim seja só isso.

– É sim. Fui gerada e educada por meu pai, que amo, obedeço e respeito. Pronto. Não entendo por que minhas irmãs se casaram se amam o meu pai acima de tudo. Quando eu me casar, transfiro meu amor maior para meu marido, mas continuarei amando meu pai do mesmo modo.

Lear ficou olhando para Cordélia como se a decepção com a filha fosse tão inesperada que o obrigasse a rever seus sentimentos e isso fosse muito duro para ele.

– É assim que você me ama? Como qualquer outra filha?

– Sim, meu pai, essa é a verdade.

– Pois então que a verdade seja seu dote. – Lear se revoltou, tremendo de raiva contra a filha, que até aquele instante era a sua favorita. – O reino será dividido apenas entre Goneril e Regan.

Ele foi até a mesa e acresceu ao quinhão de Goneril e ao quinhão de Regan a parte que caberia a Cordélia, dividida ao meio. Os convidados, cortesãos e assistentes não sabiam como reagir diante da fúria do rei.

– A partir de hoje, eu recuso a você meu cuidado de pai, meu parentesco e consanguinidade. Afasto você, estranha no meu peito, estranha a mim. Um estranho, um monstro que ataque os próprios pais, terá de mim

a mesma acolhida que darei a você, se um dia precisar de mim, Cordélia. Tratarei você da mesma forma como trataria esse monstro.

3
FRANÇA E BORGONHA

NINGUÉM SE MEXIA, ninguém falava, todos na corte temiam que algum gesto ou palavra trouxesse a fúria real para as suas cabeças.

Aliás, aquelas palavras eram mais do que fúria paterna, eram palavras de maldição e, diante do que ouviam, todos se calaram. O único que teve coragem de dar um passo à frente foi o conde de Kent, fiel a Lear em qualquer circunstância:

– Majestade, ela é sua filha, como as outras, e até o dia de hoje sempre foi uma filha dedicada, por favor, reconsidere, não a condene ao exílio, não abandone seu próprio sangue... – ele tentou argumentar.

– Conde de Kent... – O rei mal conseguia controlar sua ira. – Os anos de serviço à Coroa não lhe dão o direito de questionar as decisões do rei. Cordélia está banida para sempre desta casa, desta família, deste reino.

– Majestade – insistiu Kent, que sempre amara Lear como um pai. – O rei acredita que o dever teme falar, que o dever pode se curvar à pura adulação? Eu lhe suplico: não siga com seu rompante. Por minha vida, eu lhe digo: sua filha mais moça não adora o pai em menor grau. Cordélia não é cruel apenas porque seu jeito de falar é mais grave.

Lear estava cego diante do contraste entre as declarações de amor das filhas mais velhas e o que considerava desamor de Cordélia. Os argumentos de Kent em favor de Cordélia só fizeram piorar a situação.

– Conde de Kent, suas palavras afrontam a autoridade real. Como pode querer que eu quebre minha palavra e enfraqueça o meu poder? Como o senhor se intromete entre o poder e a ordem do seu rei? Eu ordeno que, em cinco dias, junte o necessário para enfrentar os males do mundo e que, no sexto, volte suas costas odiosas ao nosso reino.

O rei se calou, trêmulo de ódio, e o conde de Kent ficou pasmo, sem palavras. O que dizer ao homem mais velho, a quem ele servira a vida inteira com lealdade? O que dizer perante sua própria e súbita situação de perder tudo? Sim, porque Lear estava condenando o conde ao exílio e à miséria. Suas terras seriam dadas a outro nobre. Ele não teria do que viver.

Mas Lear ainda não tinha terminado.

– Se acaso, no décimo dia, seu tronco banido ainda se veja em nossos domínios, será condenado à morte. Fora!

Aquele desfecho inesperado amedrontou todos, menos Goneril e Regan e seus respectivos maridos. Ainda possuído pela raiva, Lear fez sinal para que o duque de Borgonha e o rei da França esperassem e se retirou para o gabinete real.

O cortesão que mostrara para os demais nobres o mapa ficou na antessala do gabinete esperando que o rei designasse suas ordens. O duque de Borgonha se dirigiu a Cordélia, que saía da sala do trono sem falar com ninguém.

– Princesa, acho que ainda posso chamá-la assim, infelizmente, tendo perdido o pai, perderá também o marido. Não posso continuar a amá-la sem seu dote.

– Se o duque de Borgonha precisa de fortuna para demonstrar seu amor, eu não desejo tê-lo como marido – respondeu Cordélia altiva, seguindo seu caminho.

O rei da França abriu um sorriso admirado, e o duque de Borgonha, atordoado com o atrevimento da princesa deserdada, ia responder, mas foi chamado antes. O cortesão que acompanhava Lear abriu a porta do gabinete e fez sinal para que os dois pretendentes entrassem.

O rei Lear estava de costas e se voltou quando eles entraram, mas não fez sinal para que se sentassem.

– Vocês ouviram Cordélia – o rei disse. – Ela é má, agressiva, desdenha o próprio pai. Quem quiser que a leve, mas não há mais dote para quem se casar com ela.

– Meu senhor. – O duque de Borgonha curvou-se diante do rei. – Se eu receber o que havia sido prometido, mesmo deserdada, caso-me com ela.

– Nem uma moeda – disse o rei.

– Então, eu desisto do meu pedido de casamento – declarou o duque de Borgonha.

– Majestade. – O rei da França curvou-se também em respeito. – Eu mantenho minha intenção de casar-me com sua filha.

– Não me parece sensato casar com uma filha que não ama o próprio pai, mas se é assim que você quer... – disse Lear com menosprezo, fazendo sinal de que eles estavam dispensados. Os dois homens se afastaram. Quando chegaram ao jardim do palácio, o rei da França não se conteve.

– Pois era só isso o que você sentia? O amor que afasta o olhar da pessoa amada não é amor. Ela é um dote em si mesma. – Ele falava para si e, de quebra, para o ex-rival.

O duque de Borgonha não respondeu, deu de ombros e se dirigiu ao seu cavalo e ao pequeno séquito que o acompanhava, retirando-se dali. O rei da França percebeu que Cordélia, de um canto do jardim, tudo observava, e caminhou até ela.

– Cordélia, a cada momento fico mais encantado com seu valor, mesmo sendo desprezada, mesmo estando desvalida. É assim que quero uma rainha para a França. Generosa apesar de rejeitada.

– Eu sofro mais porque ele continua sendo meu pai mesmo me rejeitando a favor delas. Não acredito no amor que minhas irmãs demonstram.

– A França vai ser melhor para você, Cordélia. Borgonha, felizmente, provou que não está à sua altura. Do outro lado do canal, comigo, está o seu futuro. Dê adeus a esta situação, Cordélia.

Ele estendeu a mão para Cordélia, e ela olhou séria para o estrangeiro de cabelos longos e castanhos, rosto fino, sorriso generoso. Aquele teria que ser seu esposo, porque era a única pessoa ao seu lado, naqueles momentos difíceis. Sorriu também, um sorriso ainda triste, e estendeu a mão para o rei francês.

4
GONERIL

– NÃO SEI SE adiantou muito nosso pai dar a cada uma de nós metade do reino em troca de abrigarmos, nos nossos domínios, ele e mais cem cavaleiros – disse Goneril a Regan, enquanto viam do alto de uma torre do castelo Cordélia se afastar com a comitiva francesa.

Esse era o combinado, elas se revezarem em hospedar Lear em seu território.

– Bem, no próximo mês nosso pai estará comigo – disse Goneril, conformada, vendo que a irmã não respondia. – Partiremos esta noite.

– Não sei como vai ser a nossa vida com esse temperamento irritadiço de nosso pai, essa mania de queimar pontes com as pessoas – disse Regan, tensa.

– Acho ótimo que esse seja o jeito dele, assim não lhe sobrarão aliados – replicou Goneril, tranquila. – Ele sempre foi uma pessoa de agir sem refletir, mas o que fez com a filha preferida hoje mostra que a idade está piorando seu temperamento.

Elas desceram da torre de braços dados quando deixaram de avistar a comitiva que levava Cordélia em direção a Dover.

Não longe dali, no castelo de Gloucester, Edmund se perguntava por que ele deveria ser alijado da herança de seu pai apenas por ser filho de uma relação entre o conde de Gloucester e uma mulher que não era a esposa oficial. Ardiloso, ele imaginava um plano que lhe garantisse, ao final, poderes e territórios que, pelas leis e costumes da época, não seriam seus.

Edmund estava nessas conjecturas quando seu pai entrou nos seus aposentos. Ele rapidamente escondeu atrás de si uma carta que trazia na mão. Esse gesto, como pretendia, chamou de imediato a atenção do pai.

– O que foi, Edmund? Notícias de seu irmão Edgar?

– É realmente uma carta de meu irmão.

– Ah, que bom. Leia para mim – pediu Gloucester, animado.

– Acho que é melhor que meu pai não tome conhecimento do que está escrito – respondeu Edmund, constrangido.

– Agora eu faço questão de saber o que está escrito. Ande logo com isso, Edmund.

– Meu pai, eu nem sei se foi Edgar mesmo que a escreveu.

– Quem entregou?

– Estava aqui, em cima da escrivaninha quando entrei no quarto.

– O que diz a carta, Edmund? – O conde de Gloucester já estava intrigado com as negativas.

– A carta, meu pai, comenta os tristes acontecimentos relacionados com a divisão do reino por Lear.

– Mas que coisa perigosa! Edgar não viu o que aconteceu com o conde de Kent? Se o rei descobre que Edgar está criticando suas decisões...

– Não é bem assim, meu pai.

– Como não é bem assim?

– É o contrário. Edgar defende que os pais devem deixar a administração dos bens para os jovens, que devem abdicar do poder.

– Como Edgar se atreve? Não é possível. – O conde de Gloucester estava espantado com a atitude do filho. – A letra é dele?

– Sem dúvida, mas pode ter sido imitada – disse Edmund, compungido.

– Vá chamá-lo imediatamente. Vamos esclarecer isso de uma vez por todas.

– Meu pai, posso fazer uma sugestão?

– Qual? – Gloucester já estava impaciente.

– Deixe que eu me encontre com meu irmão primeiro, converse com ele, esclareça esse mal-entendido. Tenho certeza de que existe um motivo para essa carta.

– Você tem um coração bom demais, Edmund – comoveu-se Gloucester. – Converse com seu irmão, quem sabe você consegue colocar algum juízo naquele coração ingrato.

Longe dos territórios de Gloucester, no castelo do duque de Albany, Goneril reclamava com Oswald, seu servidor mais fiel, sobre a atitude de Lear, que havia batido em um de seus fidalgos. Ela não sabia ainda, mas seu destino e o de Edmund se cruzariam em breve. O ponto de união seria, antes de tudo, a maneira como lidavam com os próprios pais.

Naquele momento, o que mais irritava a filha era o motivo da zanga do rei contra um membro de sua casa. O fidalgo havia censurado o bobo que Lear trouxera da corte. O rei o espancara quando mal acabara de chegar ao castelo do genro.

Com essa notícia, Goneril decidiu colocar em prática um plano para pôr fim a essas atitudes do pai. Ela combinou com Oswald que ele e os outros serviçais do reino deveriam começar a sumir durante o dia e evitar o rei, para que este entendesse, de uma vez por todas, que não seria mais obedecido em qualquer ordem. Para que Lear percebesse que os serviços de que necessitava poderiam ser deixados de lado.

Goneril conjecturou que dessa forma Lear escolheria ficar com Regan, achando que, na casa da outra filha, seria mais bem tratado. Goneril não se preocupava com o fato de que o pai preferiria a outra. Primeiro porque não havia mais nada que ele pudesse fazer contra as filhas e também porque ela e a irmã já estavam de acordo no ardil de isolar o pai e tirar todo e qualquer poder que ele pudesse ainda ter.

Naquele mesmo momento, Kent chegava disfarçado ao palácio do duque de Albany e se oferecia para trabalhar para Lear. Kent não devia estar ali, já que Lear o banira, sob pena de morte, se voltasse ao reino. Ocorria que o conde temia pelo rei. Temeria mais ainda se tivesse ouvido Goneril e seus planos.

Kent havia raspado a cabeça, trazia as costas curvadas e vestia andrajos. Esperou humildemente até que pudesse se aproximar do rei.

– Sou um homem sem proteção, majestade, e só peço conforme minha necessidade, em troca de um prato de comida. – Ele disse isso de cabeça baixa, mastigando as palavras. Contava com a vantagem de que nobres

nunca olhavam direito para os muito pobres, e sua aparência era de um miserável.

Sem lhe dar muita atenção, como Kent imaginava, Lear deixou que o mendigo ficasse e mandou que um dos cavaleiros providenciasse o seu jantar e alguma comida para Kent.

O cavaleiro respondeu ríspido que nada sabia de jantares e que os serviçais do castelo tinham tarefas mais importantes do que servir Lear a toda hora.

– Não vou tolerar esse tipo de insulto – Lear respondeu, indignado. – Chame já sua senhora Goneril. Não me importa se ela está adoentada, ela precisa saber o que acontece em sua casa.

– Minha senhora Goneril não está doente – disse o cavaleiro, com mais brutalidade ainda. – Ela mandou dizer que estava doente apenas porque não quer lhe falar agora.

O cavaleiro deu as costas e Lear ficou sem palavras diante dessa atitude. Aos gritos, mandou que chamassem o bobo da corte, na verdade o ex-bobo, da sua ex-corte. Um dos fidalgos que havia acompanhado o rei em sua mudança para o castelo da filha se apressou a atendê-lo.

Logo veio o bobo, bamboleando seu corpo de anão aleijado. Era comum, nas cortes da época, que anões ou aleijados com especial talento para o humor ácido entretivessem os reis. Eram muito apreciados, apesar da zombaria e das bengaladas que recebiam dos reis e fidalgos. Pelas risadas que provocavam com seus versos, os bufões, como também eram chamados, gozavam de certas regalias.

Quando o bobo chegou perto de Lear, começou a recitar versos nos quais falava de um rei que era o verdadeiro bobo – bobo por ter dado terras e poder a duas filhas que não mereciam sua confiança.

Lear enfureceu-se com o bobo, que, sem recuar, complementou seus versos dizendo que o rei, na verdade, fizera um favor mandando sua filha mais nova embora. Longe dele, ela seria mais feliz. Lear ameaçou bater no bobo, mas este replicou, afastando-se da bengala real, que, se fosse Lear, iria embora para longe dos maus-tratos que as filhas ameaçavam destinar a ele.

As palavras do bobo foram proféticas.

Pouco depois, Goneril desceu de seus aposentos e caminhou decidida em direção a Lear.

– Minha filha... – começou Lear altivo. – Você precisa saber que pessoas terríveis abriga em seu castelo.

– Meu pai – interrompeu Goneril. – Preciso lhe comunicar imediatamente uma decisão, antes que o senhor destrua o clima de cordialidade

em que vivemos aqui. – Ela parou para ter certeza de que todos à sua volta estavam prestando atenção. – Decidi que sua comitiva terá de ser reduzida à metade, e os cavaleiros que o acompanham, dispensados.

– É o séquito de um rei – disse Lear, afrontado.

– Um pequeno séquito seria mais condizente com a sua idade e situação – disse Goneril, calma. – O motivo de minha decisão é o mau comportamento dos acompanhantes de meu pai.

A decisão de Goneril chocou Lear porque tocava num ponto importante da época: as relações de suserania e vassalagem. Lear, como suserano, havia armado cavaleiros que eram seus vassalos. Eles lhe deviam obediência, mas ele tinha o compromisso de mantê-los ao seu lado em tempos de paz. Expulsando seus cavaleiros, Goneril tornava a palavra de Lear inútil.

– Albany, você acha justo que eu seja tratado dessa forma depois de ter aberto mão de meu poder e de minhas terras em favor de minhas filhas? – O rei dirigiu-se ao marido de Goneril, mas esta, com um gesto imperioso, impediu o duque de responder.

Vendo que o genro acompanhava constrangido a mulher para dentro do palácio, Lear mandou que o homem que ele pensava ser um mendigo levasse uma carta a sua filha Regan.

– Regan vai agir da mesma maneira que Goneril, pois tem a mesma natureza – vaticinou o bobo.

– Às vezes, eu tenho medo de enlouquecer – disse Lear ao bobo.

Este se furtou de uma resposta zombeteira, como era de seu feitio e ofício. O bobo também tinha medo de que Lear não resistisse às filhas.

5 REGAN

ENQUANTO O REI LEAR sofria os primeiros efeitos de suas decisões, no palácio de Gloucester, Edmund dizia ao irmão Edgar que fugisse da ira do pai deles. Era uma intriga, mas o irmão foi tão convincente que Edgar fugiu.

Edmund, escutando a chegada de seu pai, pegou um quebra-nozes que havia por ali e golpeou a própria cabeça, forjando uma agressão por parte do irmão. Ao chegar, Gloucester viu Edmund aparentemente ferido, caído no chão.

– Meu filho, o que aconteceu? – Gloucester perguntou, assustado.

– Edgar me feriu inesperadamente, meu pai.

– Mas qual foi o motivo dessa covardia?

Edmund olhou para o pai como se hesitasse em feri-lo com a verdade, depois desviou os olhos, constrangido.

– Ele me golpeou porque eu não quis... eu me recusei... – As lágrimas começaram a correr dos olhos de Edmund. – Eu não quis me unir a ele para matá-lo.

Profundamente desgostoso com o filho Edgar, Gloucester se ajoelhou e abraçou Edmund.

– Pois então, a partir de agora, as terras e o poder que deveriam ser de Edgar serão seus.

Neste momento, os dois ouviram um grande alarido de discussão vindo do pátio exterior do castelo, que ficava a meio caminho entre as terras de Albany e as do duque de Cornwall. Este e Regan estavam hospedados no castelo e todos ouviram a algazarra.

Kent havia chegado ao castelo ao mesmo tempo que Oswald, a quem acusou de ser um bajulador. A barulheira se devia a uma briga entre os dois.

Regan, chamada pelos criados, tomou imediatamente o partido do cavaleiro enviado pela irmã. Estava dirigindo-se rispidamente ao disfarçado conde de Kent, que mantinha os olhos baixos e a postura servil a custo, quando chegou o duque de Cornwall.

– Ponham imediatamente este infame no cepo, com as pernas e as mãos presas – ordenou o duque indicando o falso mendigo.

– Mas, senhor, ele está a serviço do rei – Gloucester tentou argumentar. – O rei é que deveria puni-lo.

– Ele insultou a duquesa, minha esposa; e nos insultar é como insultar o rei, visto que Lear abriu mão do seu poder para nós, nesta parte da Bretanha.

Gloucester calou-se. As palavras do duque de Cornwall não poderiam ter sido mais claras. O duque estava no lugar do rei naquele território onde ficava o seu condado. O que ele poderia fazer por um mendigo?

O duque e Regan se retiraram, altivos, e Gloucester voltou também para os seus aposentos. Queria estar a sós para pensar sobre o desgosto que Edgar lhe causara.

Não tardou muito e todos tiveram que voltar ao pátio.

Lear chegara ao castelo de Gloucester e a primeira coisa que viu foi o falso mendigo, Kent, no cepo. Kent não podia se esquivar de narrar o ocorrido e contou a Lear que Regan e seu marido deram a ordem de lhe colocar ali e haviam lhe batido mesmo depois de ele ter dito estar a serviço do rei.

Lear não quis acreditar nas palavras do mendigo e entrou no castelo de Gloucester indignado. Um criado, quando pressentiu a confusão que se avizinhava, foi chamar o conde. Quando Gloucester chegou, Regan estava confirmando a ordem de punir o servo porque ele a ofendera com suas mentiras a Oswald, fidalgo da corte de sua irmã Goneril.

Ouvir o nome de Goneril atiçou a fúria de Lear. Ele deixou de lado o assunto do servo no cepo, num esforço de autocontrole, e começou a falar dos maus-tratos que vinha sofrendo na casa de Goneril. Regan retrucou que só a senilidade podia ser a causa do pai não entender as razões da irmã.

– Não é possível que você não tenha contemplação com seu próprio pai e concorde com essa irmã desalmada...

– Por que eu não concordaria com minha irmã? – perguntou Regan com frieza. – A casa é dela e se ela considera que o senhor, seu hóspede, não precisa de cem cavaleiros insolentes, mas apenas de cinquenta, ela é a anfitriã.

Lear sentiu que a razão lhe faltava, tal foi seu desespero de ver sua decisão de dividir o reino se voltar contra ele. Mas seus infortúnios ainda não haviam acabado. À frente de uma pequena comitiva, chegava Goneril. Sem dizer nada, ela apeou do cavalo e se colocou ao lado da irmã, fazendo uma pequena mesura protocolar para o pai. Ao longe, se formava uma tempestade e Regan, cruzando o braço no da irmã, fez sinal para que todos entrassem.

– Preferi vir pessoalmente. Tive a intuição de que eu e minha irmã devíamos estar juntas quando enfrentássemos o senhor – disse Goneril, dirigindo-se a Lear.

– Começo a não aguentar tanta decepção – disse Lear. – Peço, minhas filhas, que não me enlouqueçam. Renego sua hospedagem, Goneril. Irei com meus homens para o castelo de Regan.

– Não conte em ficar em minhas terras com esse séquito descomunal – protestou Regan. – O senhor deve pedir perdão a Goneril e ficar com ela os meses combinados.

– É a única opção – concordou Goneril. – Se o senhor deseja ficar com qualquer uma de nós, deve se submeter às ordens e limitações das duas.

Lear deu as costas para as duas e, ignorando as filhas, saiu do salão do castelo em direção à tempestade que desabava naquele momento.

O bobo da sua ex-corte, que escutara em silêncio tudo o que foi dito, apressou em direção ao rei seu passo aleijado. Uma lesão na coluna o impedia de ficar em pé, ereto, mas não podia deixar o rei sair dali, não em meio ao clamor dos trovões e da chuva grossa.

– Majestade, pelo amor de Deus, ceda aos desejos de suas filhas, pelo menos até a tempestade passar.

– Eu sou o rei – gritou Lear. – Como posso dividir o mesmo ar com essas filhas monstruosas que criei?

Só restou ao bobo se atirar em direção à tempestade seguindo o soberano, que atravessava o pátio rumo aos portões e, em instantes, estava fora do castelo de Gloucester.

Chocado com o que viu e ouviu da situação do rei Lear, Gloucester retornou em silêncio ao seu gabinete. Lá começou a escrever uma carta aos condes que poderiam apoiar o rei. Enviaria pelo filho Edmund; era um caminho mais seguro do que se indispor diretamente com as duquesas e seus maridos.

Acabava de fechar a carta e colar seu sinete quando o filho entrou, silencioso. Gloucester se voltou assustado.

– O que meu pai faz aqui escondido, enquanto a família real briga aos gritos no salão do castelo? – perguntou Edmund; passando as mãos com carinho nos cabelos grisalhos do pai.

– Ah, meu filho. Essa situação está me tirando o sono.

– É, é muito triste assistir ao descaso contra o próprio sangue – disse Edmund.

– Mas isso não vai ficar assim – replicou Gloucester em tom de segredo. – Cordélia já foi informada da situação e não vai deixar que as irmãs destruam Lear.

– O senhor tem certeza disso?

– Tenho. Eu mesmo pretendo ajudar o rei. Escondido de Cornwall e dos outros.

– É bem do senhor, meu pai, não permitir que um rei seja tratado com crueldade e desprezo – concordou Edmund em um tom ambíguo. – E como o senhor pretende fazer isso?

– Vou me fazer de doente, não sairei dos meus aposentos por enquanto. Tenho guardada a carta na qual me dão notícias de que aliados do rei só esperam o desembarque das tropas de Cordélia.

– E eu, meu querido pai, o que deseja que eu faça?

– Só tome cuidado, meu filho, para que não nos chamem de traidores.

– Não se preocupe, meu pai, seus segredos estão guardados comigo.

Kent, libertado do cepo por Lear, antes do início da discussão entre o rei e a filha Regan, correu atrás do seu senhor e do bobo. A tempestade, porém, era tão forte que não conseguiu enxergá-los.

Na floresta que circundava o castelo de Gloucester, Kent encontrou um cavaleiro fiel a Lear que também buscava pelo rei. Os dois lamentaram

o ocorrido e Kent comentou que soubera que tropas do marido de Cordélia se dirigiam aos portos da Bretanha em defesa de Lear.

– É preciso que alguém vá ao encontro dessas tropas e relate o que está acontecendo – disse Kent.

O cavaleiro ouviu desconfiado essa maquinação, vinda de um homem que se vestia como um servo dos mais miseráveis.

Kent percebeu a desconfiança e lhe disse:

– Eu já vivi dias mais prósperos e, se estou disfarçado assim, é porque esta foi a única maneira que encontrei de servir ao rei.

Kent remexeu em seus andrajos e entregou o anel que trazia escondido.

– A princesa Cordélia, hoje rainha da França, reconhecerá este anel. Eu não posso ir pessoalmente, preciso achar o rei – disse Kent.

– Qual é minha tarefa? – perguntou o cavaleiro, já se submetendo ao mendigo andrajoso que falava como um nobre.

– Partir em busca de informações mais precisas sobre o desembarque das tropas do rei da França – comandou Kent.

O cavaleiro foi até seu cavalo, que abrigara debaixo de uma árvore, e partiu na chuva. Kent o acompanhou com os olhos e, em seguida, partiu em busca de Lear.

Não demorou muito a encontrar o rei e o bobo. Lear, encharcado pela chuva, gritava contra o vento seus infortúnios, enquanto o bobo tentava dissuadi-lo e dois cavaleiros que os haviam acompanhado se abrigavam ao pé das árvores.

– Majestade, existe uma granja não longe daqui onde estaríamos mais seguros – murmurou, respeitoso, aquele que o rei pensava ser um pobre servo colocado injustamente no cepo por sua filha e libertado por ele.

– Granja? Por que eu me abrigaria numa granja se tenho meu palácio real e esses jardins maravilhosos onde respiro ar fresco? – espantou-se o rei.

Os outros se entreolharam preocupados.

– O rei começa a dar sinais de insanidade – disse um dos cavaleiros.

– Também, diante de desgraças tão inesperadas! – lamentou-se o outro.

– A insanidade teve início quando ele se desfez de Cordélia, a única de suas filhas que prestava – resmungou o bobo.

Apesar das palavras ácidas, o bobo amava o rei de verdade e se pôs a fazer caretas, mesuras, piruetas na direção em que Kent apontara e tantas fez que Lear, mais animado, os seguiu.

No castelo de Gloucester, Edmund procurou Regan e seu marido. A duquesa ficou calada observando enquanto o duque de Cornwall lia a carta na qual Gloucester planejava agir contra eles.

O marido de Regan agradeceu a ajuda e assegurou a Edmund que ele seria recompensado com o título que era de seu pai pela lealdade demonstrada.

Edmund agradeceu com uma mesura e foi acompanhado até a porta dos aposentos do duque por Regan, que, ao estender a mão para que o rapaz beijasse, não deixou de reparar que ele tinha olhos lindos e que segurou sua mão um pouco mais demoradamente do que ditava a cortesia da época.

Edmund notou o tremor da mão da duquesa e pensou que começar uma guerra contra a França como conde de Gloucester seria apenas o início de sua ascensão. Primeiro, conde, depois, quem sabe o que aconteceria no decorrer da guerra com um dos duques casados com as filhas de Lear? Duques e condes morrem, pensou Edmund. Especialmente os velhos e cegos.

6

GLOUCESTER

EDMUND CONSPIRAVA CONTRA o pai, enquanto uma mulher jovem cavalgava à frente de tropas de homens, numa noite escura e chuvosa, numa estrada perto do porto de Dover. A mulher era Cordélia, que havia acabado de atravessar com navios franceses o canal da Mancha. Ela e as tropas da França se embrenhavam no território da Bretanha na mesma noite de tempestade em que Lear mergulhara depois da desastrosa conversa com as filhas.

O rei da França, por amor à filha caçula de Lear, havia destacado tropas sob o comando de um general francês. Também por amor, deixara que ela ficasse no cenário da guerra. O que ela pedisse, o rei, seu marido, faria.

As notícias do que acontecia com o pai a fizeram chorar pela injustiça que estava sendo cometida. E o rei da França não suportava ver sua jovem mulher em lágrimas.

– O que estancaria suas lágrimas? – ele perguntou.

– Tropas para devolver o poder a um homem que acabará enlouquecendo de vergonha e dor – ela respondeu e ele se eximiu de um comentário óbvio: deserdá-la tinha sido uma demonstração de que Lear já estava enlouquecendo.

Ela conseguiu rápido o que queria, porque seu senso de justiça e sua lealdade haviam sido as primeiras qualidades que o rei da França observara nela, além da beleza e da juventude. O que mais podia um homem querer, na escolha de uma rainha, além de juventude e beleza? Senso de justiça e lealdade, pensara o rei na primeira vez que a ouviu falar, contestando Lear, seu pai tão injusto.

Por isso, ele cedera as tropas para que ela pudesse voltar à Bretanha. Por isso, estava ali com ela. Porque Cordélia queria fazer o que considerava justo e correto.

Enquanto isso, Edgar, o filho legítimo de Gloucester, se refugiara na floresta que circundava a sede do condado. Ele estava disfarçado, deixara a barba crescer e usava andrajos. Sabia que, em breve, se espalhariam cartazes com sua imagem por todo o reino. Conspirar para matar o próprio pai era um crime grave, sem perdão.

Na floresta, Kent, Lear, o bobo e os dois cavaleiros chegaram à cabana. Alguém colocara madeira para queimar no centro da choupana horas antes e as brasas ainda brilhavam.

O bobo, que entrara antes de todos, voltou sobre seus passos, amedrontado pelos gemidos que ouvira vindos do interior da cabana.

– Quem está aí? – perguntou o bobo. – É um espírito ou algum malfeitor?

– É o pobre Tom, o pobre Tom – gemeu Edgar, de dentro da cabana, disfarçando-se de louco. – O espírito maligno me levou através das trevas e do fogo.

– Foram suas filhas que o colocaram nesse estado? – perguntou Lear, o que levou seus companheiros a se entreolharem. – O pobre Tom não salvou nada para si, deu tudo a elas? – continuou o rei.

Uma tocha tremulou ao longe; era Gloucester, que chegava com fogo e arrastando um saco de alimentos.

– Não admira que o rei esteja assim. Com aquelas filhas! Arrisco minha vida trazendo fogo e comida, mas como poderia deixar sua majestade com fome e frio nesta tempestade?

Um dos cavaleiros assentiu e levou o saco com mantimentos e a tocha para dentro. Os demais ficaram com Lear, que teimava em não entrar.

– Razão tinha o sábio Kent – murmurou Gloucester para o bobo.

– E acabou banido da corte, do luxo, até de suas roupas – confirmou o bobo, olhando para Kent disfarçado.

– Vamos, senhor, entremos na cabana, onde já existem fogo e comida.

Relutante, Lear os acompanhou. Edgar disfarçado, assim como Kent, se escondeu no canto mais escuro e sujo. Não queria correr o risco de que o pai, o conde de Gloucester, o reconhecesse.

– Volto para o castelo, mas virei aqui de novo em breve – disse Gloucester. – Cuidem bem do rei.

– Todo o poder da sua razão cedeu ao descontrole – lamentou, humilde, Kent, observando sair o amigo que não o havia reconhecido.

O rei, o bobo e Edgar, disfarçado de louco, entabularam então uma conversa aparentemente sem nexo sobre demônios e outros seres invisíveis, até Lear propor que fizessem o julgamento de Goneril e Regan.

Os três faziam as vezes de juiz, promotor e escrivão. Lear conduzia o interrogatório. Goneril, a primeira a ser julgada, estava representada por um tamborete faltando uma perna e que estava jogado por ali.

– Seu nome é Goneril? – perguntou Lear para o tamborete. – O olhar da falsidade! Mostre a matéria suja de seu coração! Prendam essa mulher! – virou-se para o bobo. – Juiz corrupto! Por que a soltou?

– Abençoados os seus cinco sentidos! – murmurou Edgar voltando para seu canto sujo. – Preciso esconder minhas lágrimas ao ver o rei nesse estado.

– Senhor! – implorou Kent. – Onde está sua calma?

– Agora vamos fazer a dissecação de Regan – gritou Lear. – Vejam o que brota de seu coração. Existe alguma coisa que explique esses corações tão duros?

Os outros calaram-se, abalados demais para acrescentar qualquer coisa ao delírio que acometia o rei. Nesse momento, voltou Gloucester, esbaforido.

– Como está o rei? – perguntou para Kent, que se limitou a mostrar com a mão Lear falando irado com o tamborete.

– Eu trouxe uma carruagem e provisões – disse Gloucester. – Levem o rei daqui. A vida dele corre perigo e os que o defendem podem morrer também. Vão para Dover, lá vocês estarão em segurança.

– Dover, Dover... – murmurou Lear como se despertando de um sonho. – O porto de Dover, de frente para o canal, de frente para a França.

Kent e o bobo pegaram Lear, cada qual por um braço, e seguiram Gloucester em direção à carruagem que os esperava do lado de fora da cabana.

Edgar ficou sozinho na cabana, pensando em como estivera perto do pai sem poder abraçá-lo.

No castelo de Gloucester, Goneril se preparava para partir, despedindo-se de Regan, quando o duque de Cornwall chegou com a notícia:

– Desembarcaram, desembarcaram! Os franceses desembarcaram sob o comando de Cordélia! – gritou o duque.

– Traidora! – disseram ao mesmo tempo Goneril e Regan.

– Está confirmada a denúncia de Edmund – disse Regan. – Precisamos acabar com Gloucester. Ele, provavelmente, está por trás dessa invasão. Vamos enforcá-lo!

– Vamos arrancar seus olhos! – exclamou Goneril.

– Deixem que eu o punirei de acordo. – O duque se dirigiu a Edmund: – Conde de Gloucester, pois este é seu título a partir de agora, acompanhe nossa irmã Goneril a Albany e volte para comandar nossas tropas.

Cornwall se dirigiu aos seus criados:

– Encontrem este patife e tragam-no aqui imediatamente.

– Nós precisamos ir – disse Goneril. – Temos de preparar tropas para exterminar os traidores.

As duas irmãs se despediram com alguma frieza. Regan notara que Goneril demonstrara um interesse maior do que deveria por Edmund, o filho de Gloucester. Por seu lado, a duquesa de Albany também surpreendera a irmã olhando com carinho para o mesmo rapaz. Só os maridos das duas é que não tinham observado nada.

Depois que Goneril e Edmund partiram, os criados de Regan chegaram arrastando Gloucester, que se debatia indignado. Atarantados, os criados do ex-conde os seguiam, sem saber como reagir. Além de estarem em menor número, não eram homens de armas.

– O que vocês estão fazendo? – gritava Gloucester. – Lembrem que são meus hóspedes!

– Amarrem-no nesta cadeira – ordenou Cornwall.

Assim fizeram os criados do duque.

– Com força, com força – gritava Regan, puxando a barba de Gloucester. – Traidor imundo!

– Não sou traidor, mulher desalmada – protestou Gloucester. – Os cabelos que você arranca de minha barba vão lhe crescer no rosto!

– Não é traidor? E as cartas para França? – perguntou Cornwall com frieza. – Qual é o seu acordo com os traidores?

– Para onde você mandou o rei louco? – perguntou Regan.

– Não existem cartas – replicou Gloucester. – Só especulações de alguém neutro.

– Muito esperto – disse Cornwall. – E para onde foi o rei?

– Para Dover – respondeu Gloucester.

– Por que para Dover? – insistiu Regan.

– Para o pobre Lear não ter as unhas de uma das filhas enfiadas nos olhos, ou os dentes da outra despedaçando seu coração – revoltou-se Gloucester. – Até um lobo, se visse o sofrimento do rei, o socorreria. Que eu veja a vingança cair sobre tais filhas!

– Ah, mas você não vai ver mais nada! – Cornwall, possesso de raiva, tomou a faca de um criado e agarrou Gloucester pelos cabelos. – Segurem a cadeira.

Os criados imobilizaram a cadeira, enquanto Cornwall arrancava um dos olhos de Gloucester, que urrou de dor.

– Um olho vai zombar do outro – disse Regan, rindo. – É melhor que ele fique sem os dois.

– Senhor, eu lhe sirvo desde criança... por favor, pare – implorou um dos criados. – Não posso lhe prestar melhor serviço do que o de lhe pedir que pare...

– Mas que cachorro! – protestou Regan, escandalizada com o atrevimento do criado.

– Cachorro, não. Se a senhora tivesse barba, eu a arrancaria – protestou o criado.

– Ah, canalha, como ousa falar desse jeito com a duquesa? – Cornwall puxou sua espada e avançou contra o criado, que também puxou a sua, sentindo que agora só lhe restava lutar pela vida. E foi o que fez.

Cornwall recuou ferido.

– Como se atreve, um simples camponês... – gritou Regan, pegando a espada de outro criado e enfiando nas costas do que havia ferido o duque.

– Ah, senhor, eu morro – disse o criado para Gloucester, já sentindo esvair-se a vida. – Que o olho que lhe resta veja o sofrimento desses dois um dia...

– Não, Gloucester não verá mais nada. – Cambaleando e ferido, Cornwall, segurando um punhal ensanguentado, fez sinal para que segurassem Gloucester e arrancou-lhe o outro olho.

– Tudo escuro, tudo cruel – lastimou-se Gloucester. – Edmund, meu filho, traga a chama para me guiar através da escuridão...

– Edmund? – Regan riu zombeteira. – Ele o odeia! Foi ele que nos mostrou a sua traição, é bom demais para ser filho de quem é.

– Edgar foi caluniado! – gemeu Gloucester. – Como pude fazer isso!

– Joguem esse louco fora daqui e cuidem do duque – ordenou Regan aos criados de Gloucester, que haviam assistido a tudo petrificados de medo. – Fora, andem!

Os criados se apressaram a obedecer. O ferimento do duque era fundo e, juntos, os criados da casa e os de Regan o levaram para os aposentos onde estavam hospedados.

Quanto a Gloucester, um velho criado lavou os buracos de seus olhos, passou clara de ovo nas feridas e enrolou sua cabeça em linho. Depois, tomou as mãos do ex-conde e as prendeu em seu braço esquerdo. Feito isso, sem palavras, com medo de ser dominado pelo choro, o velho criado pegou uma tocha e o conduziu para fora do castelo. Andaram pela floresta até a cabana onde se abrigava o pobre Tom, Edgar, o filho preterido que estava se fazendo de louco.

A partir daí, as coisas se precipitaram. Gloucester, cego, triste, mas não louco, dispensou o velho criado que havia servido a ele e a seu pai durante a vida toda. O conde não queria que sua desgraça se abatesse também sobre o pobre coitado.

O criado o deixou com Tom, cuja voz o fez lembrar-se de seu filho rejeitado, Edgar, e a quem pediu que o levasse até um penhasco em Dover.

Enquanto isso, Goneril e Edmund chegavam ao castelo de Albany e depararam com a notícia de que o duque já sabia do desembarque das tropas comandadas por Cordélia e não compartilhava com os ideais de sua esposa. Para o duque de Albany, Cordélia não era traidora e Edmund não era um aliado admirável.

Goneril viera o caminho todo, do castelo de Gloucester até Albany, encantando-se com Edmund. Ao ouvir aquelas notícias, de que não contava mais com o apoio do marido aos seus planos, retirou um colar do pescoço e o colocou em Edmund.

– Volta, meu amigo, e vá comandar nossas tropas. Meu pensamento o acompanhará o tempo todo, enquanto estivermos distantes.

Ela o beijou na testa, Edmund beijou sua mão e voltou sobre os próprios passos contente. Até o final da guerra contra Cordélia, ele pensou, seria duque, talvez rei.

O duque de Albany apareceu quando Edmund já havia partido e se dirigiu a Goneril com severidade:

– Que monstruosidade você e sua irmã fizeram com o pobre rei Lear! – criticou Albany. – Um pai amoroso, transformado em mendigo e louco por filhas que parecem mais tigres do que mulheres!

– Você é um fraco! – reagiu Goneril. – O poder existe para ser exercido.

– Se existe justiça neste mundo, vocês e seus aliados vão pagar por isso – disse Albany. – Não conte comigo para levar adiante esse amontoado de maldades e heresia.

Naquele momento, entrou um mensageiro esbaforido.

– Senhor, o duque de Cornwall morreu!

– Como? – disseram ao mesmo tempo Goneril e seu marido.

O mensageiro contou detalhadamente os eventos enquanto Albany escutava consternado e Goneril pensava que a morte do duque de Cornwall tornava sua irmã Regan viúva. Livre do marido e perto de Edmund. Justo nesse momento, o nome de Edmund veio à tona.

– E o filho de Gloucester? – perguntou o duque. – Assistiu cegarem o pai sem protestar? Sem defendê-lo?

– O filho não estava lá, meu senhor – esclareceu o mensageiro. – Traiu o pai e veio para Albany.

– Aqui ele não está – estranhou o duque.

– Ele voltava quando eu cheguei – disse o mensageiro e então dirigiu-se a Goneril: – Sua irmã, senhora, lhe enviou uma carta.

– Venha. – O duque de Albany fez sinal para que o mensageiro o acompanhasse. – Venha me contar os detalhes enquanto me preparo para o que ainda vem por aí.

Ele saiu sem se despedir de Goneril, que ficou a abrir a carta da irmã.

7
EDGAR

EM DOVER, KENT deixou Lear por um instante e procurou, no acampamento francês, pelo comando das tropas. Soube então que o rei da França havia voltado porque um grave problema interno colocava seu reino em risco.

Lear, delirante, não queria ver a filha. Culpava-se por tê-la deserdado e desterrado em prol das outras, as filhas sem coração. Com dificuldade, Kent o levou até uma das tendas do Exército francês, onde um médico o examinou e o pôs para dormir com o que se usava na época para aliviar grandes dores.

– Quem poderá salvar meu pobre pai? – perguntou Cordélia ao médico.

– O repouso, senhora, e ervas capazes de fazer adormecer a angústia. Com repouso, aos poucos, ele se recuperará.

O general francês entrou na tenda na mesma hora.

– Senhora, as tropas britânicas avançam contra nós.

Eram as tropas do duque de Cornwall, comandadas por Edmund, por designação de Regan.

– Que venham – disse Cordélia. – Nós as enfrentaremos e devolveremos o trono ao verdadeiro rei da Bretanha.

A batalha que se seguiu foi feroz. Muitos mortos de ambos os lados. Um mensageiro partiu para Albany com uma carta de Edmund, pedindo reforços a Goneril, porque ele sabia que dificilmente obteria apoio do duque.

Goneril, ao ler o pedido de Edmund, encarregou Oswald, seu servidor mais fiel, de lhe entregar em mãos a resposta e acrescentou que, se encontrasse Gloucester, matasse o cego para que nada se interpusesse entre Edmund e sua herança.

O que os três não sabiam era que Gloucester estava sendo levado por Edgar para Dover. Lá, Edgar deixou o pai num terreno seguro e lhe disse que ali era a beira do abismo que o conde, desesperado, procurava. Gloucester, sem nada ver, se precipitou, mas caiu, apenas, claro. A queda lhe desanuviou a mente e o desejo de morte já não era tão forte quando se levantou, sozinho, espantado por ter sobrevivido.

Edgar, que se mantinha por perto, se aproximou do pai cego, abandonando já as maneiras de Tom, o louco, e conversando mansamente com ele, ainda sem se identificar.

Foi nesse instante que chegou Oswald; o servidor de Goneril, ao ver Gloucester acompanhado de um homem vestido de andrajos, achou que podia atacar o conde, matá-lo e fazer jus à recompensa prometida por Goneril.

Oswald avançou sobre Gloucester, exigindo do traidor o arrependimento antes que sua espada arrancasse sua alma. Edgar, no entanto, se interpôs, em defesa do pai.

– Saia, camponês atrevido – gritou Oswald. – Como ousa defender um traidor declarado? Afaste-se ou morrerá como ele.

– Se fosse para eu morrer, teria morrido há quinze dias – disse Edgar. – Deixe o velho em paz, ou você há de se ver comigo.

Os dois se atracaram e Oswald foi ao chão, ferido mortalmente.

– Você me matou, escravo – disse Oswald, moribundo. – Se quiser viver em paz, enterre meu corpo e entregue esta carta a Edmund, conde de Gloucester, comandante dos bretões.

– Ele morreu? – perguntou Gloucester aflito.

– Morreu. Sente aqui que eu vou examinar a carta.

Edgar sentou-se ao lado do cadáver e leu a carta que Goneril havia mandado para Edmund, seu irmão. Com palavras doces e um ligeiro disfarce, Goneril praticamente pedia que Edmund, antes de terminar a guerra, desse um jeito para que o duque de Albany não voltasse vivo para casa.

– Está bem – resmungou Edgar. – Vou enterrar esse mensageiro da luxúria e depois levaremos ao duque de Albany a prova da traição. Pobre rei Lear, que filhas!

Ao longe, ouviu-se o roncar dos tambores do exército de Cordélia.

– Vem, vou levá-lo até os amigos.

Edgar foi com Gloucester até o acampamento dos franceses e entregou o pai aos cuidados do médico que atendia a Lear. Feito isso, voltou e caminhou disfarçado como sempre até o local onde estavam as tropas comandadas por Edmund e Regan.

Na tenda central, Regan inquiria Edmund se ele, por acaso, havia tido alguma intimidade com Goneril. Porque isso ela não poderia tolerar. Edmund jurou que não, jurou que só a ela pertencia seu amor. Estavam os dois nessas juras, quando chegaram o duque de Albany e Goneril.

A conversa entre as irmãs, Edmund e o duque foi fria.

– O pobre rei Lear está com as tropas de Cordélia e com outros que, levados pelo rigor das nossas atitudes, nos abandonaram – disse Albany. – Sorte nossa que a justiça está do nosso lado porque fomos invadidos.

– Sábias palavras – contemporizou Edmund.

– Em que isso nos interessa? – provocou Regan.

– Vamos deixar as questões domésticas para depois – cortou Goneril. – O importante agora é ganharmos a guerra.

– Vamos então reunir nossos veteranos e tratar das estratégias – concordou Albany.

Antes que eles saíssem, um camponês se aproximou de olhos baixos e murmurou humildemente para o duque:

– Senhor, se puder ouvir as palavras de um pobre coitado...

– Vão – disse Albany para a mulher, a cunhada e os outros cavaleiros. – Eu já os sigo.

O camponês, ao se ver a sós com o duque, lhe estendeu a carta de Goneril. Quando Albany ia abri-la, o camponês pediu:

– Senhor, por favor, leia-a sozinho. Se quiser falar comigo depois, me avise por um arauto.

Edgar, porque o camponês era o outro filho de Gloucester, saiu rapidamente. Foi sua sorte porque já voltava Edmund.

– Senhor, já se ouvem as tropas francesas.

– Vamos – disse Albany, guardando a carta sem ler.

Sozinho, Edmund suspirou, ajeitando a gola da farda que o fazia ainda mais bonito.

– As duas irmãs me disputam; se fico com a viúva, irrito Goneril. O negócio é usar o marido dela na batalha. Depois resolvo. Pelo meu *status*, luto, não discuto.

A batalha que se seguiu foi a pior de todas. Edgar havia deixado o pai num lugar seguro do acampamento, enquanto as tropas francesas avançavam com Cordélia e Lear à frente.

Ao final daquela batalha, Edgar voltou ileso, mas aterrado com as perdas e com a má notícia.

– Vamos, pai, nos afastemos daqui. O rei e sua filha são prisioneiros das tropas das irmãs usurpadoras.

– Não, meu filho, este é um bom lugar para um velho morrer de desgosto – declarou Gloucester.

– De novo esses pensamentos, meu pai? Um homem deve esperar a morte, como esperou a vida.

– É verdade – aceitou Gloucester.

– Vamos embora daqui.

Não era a intenção de Edgar fugir do exército vitorioso da Bretanha, nem se exilar com o pai. Pelo contrário. Queria estar por perto quando o arauto de Albany o chamasse. Para não colocar a vida do pai em risco, aproximou-se o máximo que pôde do acampamento bretão. Não tanto, porém, que ouvisse a ordem de Edmund a um capitão de confiança: que matasse Lear e Cordélia em vez de mantê-los prisioneiros.

Edmund, no entanto, disse para Albany, quando este foi ao seu encontro acompanhado de Goneril e de Regan, que o rei e sua filha estavam guardados, em segurança, longe dos soldados, que ainda contavam os mortos na invasão estrangeira. Para Edmund, o futuro de Cordélia e Lear merecia ser discutido com calma. A resposta não agradou ao duque de Albany.

– Nessa guerra, o senhor é somente súdito, não irmão – disse Albany, com severidade.

– Pois é assim mesmo que eu quero que ele seja chamado. Irmão – defendeu Regan. – Porque esteve no comando em meu lugar.

– Não é bem assim – protestou Goneril, dirigindo-se à irmã. – Edmund se destacou mais por ele mesmo do que por sua ajuda.

– Então que seja assim – respondeu Regan exaltada, e virando-se para Edmund: – General, pegue os meus soldados, prisioneiros e patrimônio e a mim. Agora o mundo já sabe quem você é: meu amo e senhor.

– Você quer desposá-lo? – protestou Goneril.

– Goneril, isso não depende da sua vontade – reagiu Albany.

– Nem da sua, duque – disse Edmund.

– Da minha depende, sim, meia raça de homem – disse o duque de Albany.

– Faça soar os tambores e prove que meu título pertence a você – disse Regan para Edmund.

– Espere, cunhada – disse Albany. – Edmund, você está preso por alta traição, por conspirar minha morte com essa cobra que eu tenho por esposa. Quanto a você, Regan, não pode se casar com ele, que está prometido a Goneril, a quem, de agora em diante, eu renego como esposa. Façam soar as trombetas. Se não surgir ninguém que comprove sua traição, eu mesmo me baterei em duelo e o matarei. – O duque atirou a luva ao chão, o sinal da época para lançar um desafio.

– Eu defendo minha verdade e minha honra – disse Edmund. – Chamem um arauto. Eu me baterei com quem aparecer.

– Seus soldados, em meu nome chamados, já foram dispensados – esclareceu Albany fazendo sinal para o arauto.

O arauto fez soar a trombeta uma vez e lançou o édito:

– Se há algum homem de origem nobre que afirme que Edmund, pretenso conde de Gloucester, seja culpado de traição, que apareça, porque ele está pronto para se defender.

– Eu me sinto mal – choramingou Regan.

– Se não sentisse, eu não confiaria mais na medicina – murmurou Goneril.

– Levem Regan para minha tenda – disse Albany, enquanto o arauto fazia soar a trombeta uma segunda e uma terceira vez.

Edgar apareceu vestido como um cavaleiro, mas com um elmo que lhe cobria o rosto. Perguntado por Albany quem era, Edgar confirmou apenas sua origem nobre e disse que seu nome estava oculto por uma traição da qual fora vítima. Desafiou Edmund e este, que de covarde não tinha nada, aceitou o desafio.

Lutaram e Edmund caiu ferido, definitivamente derrotado.

– Poupe-lhe a vida, senhor – disse Albany. – Ele já está derrotado.

– Derrotado, não, enganado – protestou Goneril. – Isso foi uma armadilha, Edmund.

Albany pegou a carta que ela havia escrito e a entregou para Edmund.

– Você conhece isso?

– Se é contra alguém, isso é contra mim, não contra ele. Quem pode me julgar por isso?

Goneril se afastou e Albany disse a um oficial:

– Vá atrás dela, ela está desesperada.

O oficial saiu e Edmund, agonizando, questionou Edgar:

– Quem é você que me venceu assim? Se é nobre, eu lhe perdoo.

– Sou tão nobre quanto você, Edmund, porque somos filhos do mesmo pai. – Edgar tirou o elmo. – Mas o prazer que nosso pai teve em lhe fazer lhe custou os olhos.

– Sou culpado de tudo isso e de muito mais. A sua fala é a verdade – admitiu Edmund. – Edgar, eu o odiei e a seu pai como traidores. Como se escondeu? Como está seu pai?

– Então, duque, vesti-me de mendigo louco e guiei meu pai sem que ele me reconhecesse, pois estava cego. Lutei contra o seu desânimo e fui ajudado por um homem que também se escondia.

– Quem? – perguntou Albany.

– O conde de Kent, que se manteve fiel o tempo todo a Lear, servindo-o disfarçado de escravo.

Nessa hora, entrou o oficial que Albany encarregara de administrar o desespero de Goneril. Trazia uma faca ensanguentada na mão e no rosto o pavor.

– Sua esposa está morta, senhor, e, antes de se ferir com o punhal, confessou ter matado a própria irmã.

– As duas me amaram. Em breve estaremos casados os três – murmurou Edmund, que se esvaía em sangue, mas ainda estava lúcido.

– Traga os corpos das duas – ordenou Albany.

Nesse momento chegou ao acampamento bretão o conde de Kent.

– Venho aqui cumprimentar meu rei e senhor. Lear não está aqui?

– Onde estão Lear e Cordélia, Edmund? – perguntou Albany.

– Apesar da minha natureza, vou fazer um bem. Corram ao castelo porque eu dei a ordem de matarem Cordélia e Lear. Corram! – gritou o duque.

– Mas para procurar a quem? É preciso receber a contraordem.

– Você lembrou bem – disse Edmund. – Toma minha espada e procura o capitão.

Edgar pegou a espada do irmão e saiu para tentar salvar Lear e Cordélia. Edmund tentou se explicar a Albany:

– Sua mulher e eu mandamos que enforcassem Cordélia na prisão.

– Tirem esse homem daqui – ordenou Albany, enojado.

Os guardas arrastaram Edmund dali. Em seguida, como um cortejo fúnebre, entrou Lear carregando o corpo de Cordélia. O rei matara com sua própria espada o guarda que enforcara sua filha caçula. No entanto,

carregava seu corpo como se Cordélia, outrora princesa da Bretanha e depois rainha da França, ainda estivesse viva.

Albany, Edgar e Kent tentaram trazer Lear para a realidade, mostrando que sua filha estava morta. O rei, finalmente, se convenceu:

– Minha pobre tolinha enforcada! Como podem um cão, um cavalo, um rato ter vida e ela não respirar mais? Olhem, aqui e aqui, ela morreu.

O rei caiu desmaiado. Todos correram para reanimá-lo, mas Lear estava morto. Recuperara a lucidez e perdera a vida, depois de tanto sofrimento.

O duque de Albany, viúvo de Goneril, era o último remanescente de uma família destroçada, depois do desaparecimento de tantos traidores do mesmo sangue. Desgostoso com a participação da própria mulher nos terríveis acontecimentos, tomou uma decisão: Edgar, filho do conde de Gloucester, governaria a Bretanha. A Bretanha que Lear pretendera dividir entre as filhas. Edgar reinaria no trono de Lear, o pai que Cordélia tentara salvar.

A FILHA
QUE DEU CERTO
Sonia Rodrigues

SONIA RODRIGUES.

Brasileira, nasceu no Rio de Janeiro em 1955. Assume que se tornou escritora graças a sua avó materna, espanhola, contadora de histórias, para quem escreve Casa de delícias. *Na infância, era fã de Monteiro Lobato e foi muito influenciada por uma professora de redação do Colégio Franco-Brasileiro, na capital fluminense, que passava redação todo dia e pedia aos alunos que lessem os textos, sempre "muito calorosa nos elogios e precisa nas críticas".*

É jornalista, tradutora, dramaturga, escritora e doutora em Literatura pela Pontifícia Universidade Católica do Rio de Janerio. A partir de sua tese de doutorado, desenvolve um jogo de criar histórias em Roleplaying Game *(RPG), incentivando a criatividade dos leitores. Tem 27 livros publicados e gosta de todos, em especial do romance* A rainha que atravessou o tempo, *que retoma histórias gregas antigas. "Gosto muito de beber nessa fonte", afirma. Por isso, sentiu-se à vontade ao receber o convite de recontar clássicos e associar uma narrativa própria ao tema "três filhas", neste volume da coleção* **Três por Três**. *Afirma que se sentiu mobilizada nos recontos de* Antígona *e de* Rei Lear *por motivos pessoais. "Durante boa parte da minha vida fui uma defensora ferrenha dos direitos das pessoas queridas que erravam e eram punidas com severidade excessiva. Eu diria que conheci muita gente sem compaixão, como o Creonte. Da mesma forma, também convivi de perto com pessoas que se deixam enganar por 'cantos de sereia' como Lear e Gloucester".*

Em 2012, Sonia Rodrigues dá voz ao próprio pai, em Nelson Rodrigues por ele mesmo, *uma autobiografia com frases extraídas da obra do prestigiado dramaturgo. Afirma que seu desafio foi deixar que "a palavra do meu pai sobressaísse sem interferência minha ou de quem quer que fosse; organizar os depoimentos de forma que ficasse Nelson Rodrigues puro, na veia". Processo semelhante de reavaliação do relacionamento entre pai e filha está na obra inédita* A filha que deu certo, *que completa o trio de histórias deste volume.*

1
VOLTA

O CARRO COM vidros escuros entrou na rua quarenta minutos antes da hora marcada, mas as equipes de TV, dos principais jornais diários, dos *blogs* sobre famosos estavam a postos desde cedo. Esperando Heloísa Cortez, a mais jovem, a mais famosa, a mais original fotógrafa brasileira do mundo da moda. Filha do *designer* de móveis que morrera na véspera pobre e isolado num contexto misterioso. Isso era o que se sabia, porque ele não falava com a imprensa brasileira havia, pelo menos, quatro anos. Sua morte era notícia. A volta da filha famosa era notícia.

Por isso, a rua pequena e residencial estava atulhada de carros, não só de jornalistas. Também vizinhos de bairro, parentes próximos e distantes, bisbilhoteiros conhecidos e desconhecidos estavam ali para rever Heloísa.

Quando ela desceu do carro, os grandes olhos claros contrastando com a pele da cor de café com leite, os cabelos cacheados, quase crespos, castanhos com reflexos dourados, o vestido abaixo dos joelhos, de corte geométrico branco e vermelho, as guias africanas no pescoço, incluindo o colar nigeriano, a pequena câmera na testa que era sua marca registrada, os repórteres e fotógrafos se precipitaram:

– Helô, qual a sensação de voltar para casa depois de quatro anos fora do país?

– Helô, é verdade que você foi sondada para fazer o *making of* de um filme sobre vampiros na Idade Média?

– Helô, é verdade que você não vinha para cá para não ter que conviver com sua madrasta e as filhas dela?

Heloísa vinha sorrindo e andando em frente, sem se incomodar com o assédio. Estavam trabalhando, ela entendia que precisavam clicar e precisavam gritar perguntas indiscretas. Ela estava acompanhada de perto por uma mulher magra e alta, Adriana Magna, a quem chamava, desde pequena, de Tia. Quando o repórter fez a pergunta sobre a primeira família de seu pai, Helô deu uma ligeira parada que numa passarela significaria, talvez, um tropeço. Justo naquele momento, apareceu na entrada da casa a mulher a quem ela deveria considerar sua mãe substituta, a primeira mulher de seu pai, a mãe de suas duas irmãs.

– Não se deve acreditar em tudo o que contam sobre celebridades – disse Adriana, com um sorriso simpático. – Agora, se você nos der licença...

– É verdade que seu pai rompeu com você por causa do seu gênio forte? – Outra repórter perguntou e todos à sua volta fizeram silêncio, em expectativa.

Heloísa virou a cabeça sobre o ombro esquerdo, como se alguma coisa a alertasse. Um táxi havia parado no meio da rua, impedido de encostar pelos carros de reportagem. Heloísa olhou direto para um rapaz jovem e negro que desceu do táxi às suas costas e que sorriu para ela. Ela sorriu de volta e respondeu à repórter:

– Tudo vai ser esclarecido. Hoje. Tia Adriana vai me fazer o favor de apresentar uma história.

2
CLARA

CLARA ERA JOVEM quando Heloísa nasceu. Tinha 23 anos e conhecera Roberto num evento que ela fotografava e em que ele expunha seus móveis.

Ele já era um artesão, artista, criador bastante conhecido no Rio de Janeiro. Ela era uma fotógrafa iniciante.

Ele estava momentaneamente separado da mulher, que o acusava de não lhe dar atenção e viver para o trabalho. Ela estava momentaneamente separada de um namorado a quem acusava de não lhe dar atenção e viver para o trabalho.

Clara e Roberto se apaixonaram, e ele pediu o divórcio da mulher, que não esperava essa atitude. Clara confirmou o término do namoro deixando desolado o rapaz, que acreditava que ela o amava.

Casaram-se e Heloísa nasceu um ano depois, em dezembro, numa madrugada chuvosa, numa maternidade no centro do Rio de Janeiro.

De pequena era um bebê sorridente que fotografava bem, aguentando o ambiente de estúdio com uma tranquilidade e um bom humor que levavam sua mãe a dizer que um dia ela seria modelo. Ou atriz.

A mãe a fotografava o tempo todo, como fotografava os móveis do marido. De tanto Clara mostrar as fotos, com seu ar de mulher e mãe orgulhosa, acabou por atrair olhares de especialistas.

As fotos dos móveis caíram nas mãos da editora de uma revista internacional de decoração. Roberto foi convidado a levar suas peças a uma exposição na Itália, para onde embarcaram felizes os três. A repercussão internacional do seu trabalho rendeu notas na imprensa brasileira e isso levou a um aumento das encomendas de móveis e à compra de uma casa mais ampla pelo casal.

A situação da pequena família seria confortável com o sucesso dos móveis, se Roberto não tivesse uma família anterior. Apesar de a ex-mulher ter se casado de novo logo em seguida à separação, existiam duas filhas de sete e quatro anos a quem ele tinha o dever de sustentar.

A situação financeira só não era crítica porque as fotos de Clara divulgavam tudo o que ela achava bonito e amava. Era como um dom, o dom de partilhar a beleza. Heloísa foi clicada pela mãe, engatinhando no jardim da casa nova, de fralda e camiseta. A foto foi mostrada a Adriana, amiga de colégio que começava a trabalhar em publicidade. Adriana achou a foto linda. "Ela é igualzinha a você, Clara. Roberto só entrou com um pouco de brancura para esse tom lindo de pele", comentou carinhosa. Clara deu um beijo na testa da amiga, que batizara Heloísa no mês anterior. Adriana apertou a mão da amiga e guardou a foto da afilhada. Na primeira oportunidade, mostrou-a para o colega responsável por uma campanha de produtos de beleza infantil. "Podíamos tentar uma criança não loura desta vez...", sugeriu sorrindo. O colega sorriu de volta. "Vamos tentar." Heloísa foi uma das crianças escolhidas e, nos dois anos e seis meses seguintes, Clara levava a filha para fotografar e gravar comerciais e o que a criança ganhava complementava o orçamento da família.

Um dia, uma agência de publicidade que representava uma grife infantil de roupas pediu que Clara levasse fotos da filha. Era um cachê alto, e Roberto acabara de comprar máquinas novas para o ateliê. Clara trabalhou o dia todo fotografando a filha e parte da noite para escolher as melhores fotos.

Clara voltava da agência com o contrato assinado quando um ônibus que trafegava acima da velocidade permitida acertou em cheio o carro que

ela dirigia. O carro foi arrastado, virou e ela teve morte instantânea. O contrato da filha ficou numa pasta, ao lado do corpo, até serem resgatados por um marido em choque e uma amiga desesperada.

3
ROBERTO

DEPOIS DOS PRIMEIROS dias de choque, o pai de Heloísa assumiu os cuidados da filha com uma dedicação que ninguém esperava de um homem de 38 anos que nunca havia tomado conta de uma criança por mais de dez minutos sozinho.

Ele ocupou as reuniões da creche, primeiro, depois da escola infantil, como um modelo de dedicação, de senso de humor, de charme. As professoras e as mães, no início, choravam com ele a ausência de Clara, e ofereciam-se para ajudar com Heloísa. Aos poucos, acostumaram-se com aquele homem bonito e risonho carregando sua mochila de trabalho junto com a mochila cor-de-rosa da filha.

Sabiam que ele trabalhava em casa; ele já era uma celebridade no ramo de móveis sob medida. Quando viajava para expor no exterior, levava a filha com ele, apesar dos oferecimentos das outras mães para que deixasse Heloísa com elas. Não queria se separar dela, dizia. "Tem medo de perdê-la de vista", suspirava uma ou outra de pena.

É improvável que Roberto tivesse medo de perder a filha porque ele permitiu que ela fotografasse de novo, dos três aos nove anos, fora do horário de escola, agenciada pela pessoa em quem ele mais confiava na vida: Adriana, a melhor amiga de Clara.

Ele estava se saindo bem como pai e como profissional, tinha se tornado um homem com uma situação financeira confortável. Sua filha era linda e saudável e também ganhava o próprio dinheiro, que era depositado numa conta poupança para quando crescesse.

Uma das mães, norte-americana, que dava aulas de inglês na escola, estava de volta aos Estados Unidos e indicou a Roberto uma ex-atendente de creche, que resolvera trabalhar de empregada doméstica depois do nascimento do filho. Marinês tivera a criança de um namorado que não quis assumir o filho, e ela não quis criá-lo na casa da mãe ou das irmãs. Como empregada, tinha casa e comida, não precisava pagar aluguel, desde que

alguém a aceitasse com o bebê de quatro meses. Para Katherine, a professora americana, isso não era um problema e, durante oito anos, Marinês e Pedro haviam vivido no quartinho apertado. O bebê foi bolsista na creche onde a mãe trabalhara e, depois, na Escola Americana Católica.

Heloísa tinha cinco anos, e Pedro, dez. Marinês precisava de outro emprego em que aceitassem o menino comprido e negro que gostava de estudar e falava pouco. Roberto aceitou os dois em sua casa, que era grande demais para ele e Heloísa. Considerou que faria bem para a filha ter a companhia de outra criança, mesmo mais velha.

Pedro foi o protetor da moreninha loura, como ele a chamava, durante sete anos. Era com ele que ela fazia os deveres de casa, era com ele que brincava de *video game* e era com ele que assistia à televisão, em especial a filmes de terror, que os dois adoravam. A primeira máquina fotográfica de Heloísa foi presente de Pedro, quando, aos treze anos, acompanhou Roberto e Heloísa a Roma e a Paris, numa exposição. O menino não comprou nada para si com os dólares que a mãe lhe dera para a viagem. Comprou a máquina e ensinou a amiga a usá-la, e essas foram as primeiras fotos que a menina fez. Fotos que demonstram como era a vida deles. Conforto, trabalho, harmonia. Apesar disso, Roberto perdeu tudo, inclusive o convívio com a filha Heloísa, durante anos.

4
CÍNTIA

NO ANIVERSÁRIO DE onze anos de Heloísa, numa festa em casa para os colegas da escola e poucos adultos, uma mulher apareceu com duas crianças, ou melhor, duas pré-adolescentes. Era a primeira mulher de Roberto, aquela a quem ele deixara para se casar com Clara, anos antes.

As meninas eram irmãs de Heloísa por parte de pai e acompanhavam com desenvoltura a mãe. Todos ficaram surpresos com aquela visita, que parecia ter sido preparada, porque traziam presentes. Todos, inclusive Roberto, que contara aos amigos mais próximos não ter notícias recentes da ex-mulher, que se casara e estava vivendo nos Estados Unidos.

– E suas filhas? Você não sente falta de vê-las? – perguntavam espantados.

Ele sentira falta nos primeiros meses da separação, que fora traumática, cheia de brigas e desavenças. Tantas brigas e tantas desavenças que a notí-

cia de que Cíntia arranjara um namorado norte-americano e que iria morar nos Estados Unidos, onde se casariam, o deixou aliviado.

– Mas e as meninas? – insistiam os mais próximos.

– Elas ficarão bem com Cíntia. Ela pode ter os defeitos que tiver, mas é ótima mãe.

Era realmente. Cíntia faria qualquer coisa pelas filhas e, durante oito anos, Maria Eduarda e Maria Augusta usufruíram de tudo o que o padrasto pôde lhes proporcionar nos Estados Unidos. Falavam com Roberto pelo telefone uma vez por semana e nunca tocavam no nome de Clara, mas, depois que a segunda mulher de Roberto morreu, perguntavam sempre pela irmãzinha. Nas datas mais importantes, aniversário, Natal, enviavam presentes caros, que eram recebidos com alegria por Heloísa, que os mostrava na escola como mimos de suas irmãs americanas. Pedro tentava explicar para ela que as meninas eram tão brasileiras quanto ele ou ela, mas Heloísa gostava de se referir a elas assim. Quando aprendeu a escrever, Heloísa pediu a Pedro que lhe ensinasse algumas palavras em inglês para incluir nos bilhetes que escrevia para as irmãs, quando agradecia os presentes.

Heloísa as fotografou no aniversário e é uma pena que essas fotos não tenham áudio porque as irmãs realmente foram bem recebidas. A chegada inesperada de Duda, Guta e Cíntia fez que Heloísa ficasse muito feliz. Qual a menina que não gostaria de ganhar duas irmãs lindas praticamente de presente, no dia do aniversário?

Maria Eduarda era morena, magra, cabelos pretos compridos, como os da mãe. Guta tinha os cabelos castanhos mais claros, com mechas douradas feitas em cabeleireiro. Era magra também – depois se soube que ambas faziam dieta para não entrar nas estatísticas de crianças obesas nos Estados Unidos. Cíntia cuidava muito para que isso não acontecesse e havia conseguido fazer um *book* das duas para tentar transformá-las em modelos.

As duas chegaram lindas, com jogos para Heloísa e roupas para o pai. Os jogos eram de última geração e as roupas, discretas.

– Vocês vão estragar a Heloísa – Roberto protestou, bem-humorado. – Os jogos que vocês mandaram antes não têm ainda quatro meses de uso.

– Ah, bobagem, ela dá de presente para o filho da empregada. Ele vai adorar, merece, não merece? – disse Cíntia, num tom meigo. – Aliás, o Brasil não melhora nisso, não é? Com todas as leis, a empregada para todo serviço continua.

– Não é bem assim – Roberto negou, encabulado. – Eu viajo muito e a Heloísa precisa de companhia...

– Claro que não é, Roberto. Não estou criticando, sei o quanto tem batalhado para criar uma filha sozinho. Assim que nos instalarmos, eu e as meninas teremos prazer em ajudá-lo a cuidar da Heloísa.

– Vocês podem ficar aqui pelo tempo que quiserem – Roberto convidou, abraçando Guta, a filha mais velha, que se acercara com um prato de doces para oferecer ao pai.

– Não sei, não queremos atrapalhar sua rotina – disse Cíntia. – O hotel não é muito confortável, claro, mas acho que num instante encontro um apartamento para nós.

– Deixa disso, Cíntia, para que hotel? – insistiu Roberto. – Eu quero ficar perto das meninas, é minha oportunidade de conversar com elas mais do que uma vez por semana por Skype.

Cíntia aceitou ficar uma semana, no máximo quinze dias, mas o prazo se estendeu porque toda vez que ela arranjava um apartamento a seu gosto, Roberto colocava algum defeito. Quando não era ele, era Guta, Duda ou Heloísa. Ficaram três meses nessas idas e vindas até que Roberto convidou Cíntia para jantar e propôs que se casassem de novo. Não eram mais crianças, os dois estavam com 44 anos, mas ainda eram jovens o bastante para se divertirem juntos e acabarem de criar aquelas filhas lindas.

Cíntia aceitou, casaram-se de novo, numa festa de filme, e as três irmãs prometeram que dali em diante nada as separaria. Guta estava com dezoito anos, Duda com quinze, e Heloísa com onze para doze anos.

As fotos que Heloísa fez para o casamento estavam lá para comprovar as intenções delas no dia. Seriam amigas para sempre.

5
GUTA

DURANTE O PRIMEIRO ano tudo parecia correr bem.

Heloísa gostava de viver com as irmãs mais velhas. Elas eram bonitas, inteligentes, já haviam desfilado para grifes importantes e pareciam querer ensinar coisas legais à menina que acabavam de descobrir como irmã.

Heloísa, por sua vez, não se incomodou muito quando a mulher do pai ponderou que era melhor que ela a representasse no lugar da "tia" Adriana. Ela já representava as filhas, era mais prático. O pai concordou, estava feliz em ter alguém como ela dentro de casa, resolvendo tudo.

Mas, de repente, alguma coisa começou a dar errado.

Heloísa perguntava o que as irmãs achavam de uma roupa para ela ir a uma sessão de fotos para uma marca de vestido de festa para pré-adolescentes, e elas sugeriam camiseta e *short*. Isso não teria maiores problemas, se quando chegassem ao local Cíntia não dissesse para o entrevistador:

– Não repara não, é que a Heloísa tem muita personalidade e faz questão de escolher sempre o que vestir.

– Ah, mas aqui não pode ser assim, não. Ser modelo é como servir ao exército, tem que ter muita disciplina, viu, mocinha? – comentava o responsável pela sessão de fotos.

Heloísa, a quem nunca haviam dito que tinha muita personalidade, a partir daí prestou mais atenção no que fazia e dizia. Não queria passar a impressão de uma criança cheia de vontade.

No entanto, ela não conseguiu descobrir o que fazer para evitar essa má impressão. Às vezes, Cíntia tentava esclarecer:

– Heloísa, você foi muito agressiva com o rapaz que estava selecionando. Precisa falar direito com as pessoas. Assim todo mundo fica contra você.

– Mas eu não falei nada demais, tia Cíntia. Só disse que o vestido estava me apertando.

– Só que você falou antes de ele perguntar. E falou com essa voz esganiçada que você faz quando a contrariam.

– Minha voz não é esganiçada – reagiu Heloísa.

– Ai, Heloísa, precisa ser tão cansativa, inclusive comigo? Por que você não é jeitosa como a Guta ou equilibrada como a Duda na maneira de falar com as pessoas?

Nos primeiros meses, Heloísa tentou melhorar, depois começou a emagrecer demais, a ficar abatida. O pai a chamou para conversar, e ela contou o que sentia:

– Tia Cíntia e as meninas não gostam mais de mim, me acham mandona, dizem que minha voz é esganiçada. Até no meu cabelo Duda colocou defeito. Disse que é quase pixaim como o do Pedro.

– Que bobagem, filhinha, elas adoram você. – O pai a abraçou com seu abraço de urso, achando graça no que qualificou mais tarde, conversando com Cíntia, como excesso de sensibilidade da filha caçula.

Cíntia se defendeu do que considerou ciúme e competitividade de filha única, mas prometeu cuidar mais de perto da saúde de Heloísa.

Meses depois, Heloísa estava corada e com mais seis quilos. Não estava, ainda, rechonchuda, mas já não servia mais para a maioria dos trabalhos de modelo. Talvez por isso, talvez porque havia se tornado uma

criança ensimesmada, perdeu contratos e começou a ir mal na escola. A única coisa que a distraía era fotografar tudo o que via pela frente. Em geral, flagrantes que lhe pareciam engraçados das irmãs, de Cíntia, Marinês, Pedro ou Roberto.

Cíntia e as meninas, no entanto, não viam graça nas imagens quando ela as mostrava e Heloísa acabou se acostumando a só partilhá-las com Pedro. Ele separou um HD externo para que ela guardasse as fotos e lhe mostrou o quartinho que estava abandonado desde que Clara morrera, há sete anos. Ainda estavam lá as bandejas de revelação e as cordas de pendurar fotos. Aquela decadência não fez bem a Heloísa, que preferiu continuar fotografando com a máquina que Pedro lhe dera, às vezes filmando com o celular. Escondido.

Um dia, as irmãs a deixaram na praça de alimentação de um *shopping* próximo ao lugar onde iriam fotografar e disseram que esperavam que ela não sumisse:

– Você não é uma criança de dois anos de idade, vê lá, hem, fofa – preveniu-a Maria Augusta, que sempre a chamava de fofa, às vezes apertando carinhosamente sua bochecha.

– Vou te dar dinheiro para um sorvete, mas não vai contar para a mamãe, ela tem medo de que você engorde demais... – acrescentou Duda.

Heloísa pegou o dinheiro que Maria Augusta lhe ofereceu e comprou um *sundae*. Com bastante calda de chocolate e castanha de caju. A gostosura do chocolate era aconchegante, ela não sabia explicar como, mas era.

Ela estava ali, aos doze anos, na frente de um *sundae* de baunilha, com calda de chocolate e castanhas, com a expressão emburrada, os punhos cerrados de raiva, quando ouviu uma voz:

– Heloísa? Oi, querida, que saudades!

Heloísa começou a chorar. Chorar por causa dos comentários das irmãs, chorar porque o pai parecia cada dia mais aborrecido com ela, chorar porque estava gorda, chorar porque havia se tornado uma garota chata. Chorava também de saudades do tempo em que ela, Adriana, Roberto, Marinês e Pedro se divertiam tanto juntos. Ela suspeitava que aquele tempo não voltaria mais.

Nos vinte minutos seguintes, Heloísa contou tudo o que sentia para Adriana. A falta que lhe fazia o pai antes tão presente na sua vida. Não é que não estivesse ali, era apenas como se estivesse distante ou envolvido demais com as irmãs para lhe dar atenção.

Tentara falar sobre isso com as irmãs, mas elas lhe diziam: "Sabe, nós ficamos tanto tempo longe do papai que agora precisamos estar com ele

todo o tempo do mundo". E ela entendia, inclusive porque eram muito meigas, a Duda e a Guta. Muito meigas especialmente na frente do pai. Heloísa começara a perceber a diferença. Sozinhas com ela, eram mais secas, impacientes, como se ela fosse uma mosca inoportuna.

– É por isso que estou chorando, tia Adriana. Porque eu fiquei uma criança antipática, fiquei uma criança chata.

– Que tal a gente ir até o banheiro, lavar seu rosto e conversar mais sobre isso sem os olhos inchados?

– Mas, tia, se eu sair daqui e minhas irmãs voltarem?

– A gente liga para seu pai e avisa, tudo bem?

– Não é melhor ligar para o celular de uma delas? – perguntou Heloísa.

– Não. Acho que se eu ligar para seu pai vai dar mais certo.

A conversa telefônica foi breve e simpática. Duda e Guta haviam deixado Heloísa na praça de alimentação do *shopping*, ele poderia avisá-las, quando voltassem, que ela tinha saído com Adriana. Não queria atrapalhar o trabalho das duas irmãs ligando para o celular de uma delas.

Não ligar foi bom, teria realmente atrapalhado. As duas irmãs haviam sido rejeitadas no teste que fizeram e, para descontar a frustração, aproveitaram que estavam ali para fazer compras.

Duda e Guta voltaram quatro horas depois e não encontraram Heloísa. Preocupadas, ligaram para a mãe, que as recriminou por deixarem uma criança problemática como a caçula sozinha. Cíntia saiu do trabalho e foi buscá-las no *shopping*, onde as duas choravam entre arrependidas de terem confiado que Heloísa tinha maturidade para obedecer a elas e temerosas da reação de Roberto.

Quando chegaram em casa, Roberto não estava. Foram ao ateliê onde encontraram apenas Pedro, que estagiava ali quatro horas por dia, na saída da escola, desde que elas haviam mudado para lá.

– Você sabe de Roberto? – perguntou Cíntia, que não suportava Pedro e Marinês, mas não conseguia encontrar um defeito nos dois para convencer Roberto a dispensá-los.

– Não – respondeu Pedro, continuando a polir a cadeira única que Roberto desenhara para a exposição de móveis contemporâneos em Nova York.

– Mas ele estava aqui, quando você chegou? – adiantou-se Duda, que já havia confidenciado à irmã sentir-se nervosa ao ver aquele magricelo negro andando para cima e para baixo na casa, como se fizesse parte da família.

– Estava. – Pedro dessa vez olhou diretamente para elas.

– E você sabe aonde ele foi? – perguntou Guta já exasperada.

– Não sei – Pedro respondeu com indiferença, voltando ao seu trabalho.

– Mas ele saiu e não disse nada? Ele parecia preocupado? – insistiu Guta.

– Não.

– Você não colabora, não é, garoto? – Cíntia perdeu a paciência. – Fica respondendo com monossílabos, não dá a mínima para a nossa angústia, não aguento mais sua insolência, vou reclamar com o Roberto...

– Vai reclamar do quê, Cíntia?

Roberto estava parado na porta do ateliê, com Adriana ao seu lado.

– Oi, meu amor, oi, Adriana, eu estava preocupada com a Heloísa... – Cíntia se aproximou de Roberto e deu um beijo carinhoso no seu rosto.

– Não precisa se preocupar com a Heloísa. Adriana a encontrou no *shopping* esperando pelas irmãs e me pediu para deixar a Helô acompanhá-la num teste e, por uma coincidência feliz, apareceu uma campanha para ela fazer.

– Uma campanha? Como modelo? – perguntou Guta com a voz esganiçada que fazia quando alguma coisa a surpreendia muito. Ela tinha dezoito anos e começava a ficar preocupada de não conseguir fazer sucesso de verdade como modelo. Pelo menos não o sucesso que ela chamava de sucesso.

– Não. Como assistente de fotografia. Ela ficou clicando no celular e o fotógrafo adorou os detalhes que ela escolheu. Acho que ela tem o talento da Clara – esclareceu Adriana.

– Não é o máximo? – perguntou Roberto, entusiasmado.

A mulher e as filhas ficaram em silêncio por instantes.

– Nós precisamos olhar com cuidado esse contrato, meu bem, você sabe que desde que comecei a representar a Heloísa...

– Vai dar tudo certo, Cíntia – Roberto a interrompeu. – Não é um contrato, é uma autorização para a Heloísa viajar com a Adriana.

– O que foi isso, algum milagre? – A voz de Cíntia, de ordinária e meiga, estava se tornando tensa como a de Guta quando se espantara antes. – E a escola? E as despesas de viagem?

– Eu vou assumir as despesas, Cíntia. Heloísa tem talento para clicar situações inusitadas, com humor. O fotógrafo acha que pode render um *making of* interessante, vai pagar o que aproveitar – explicou Adriana.

– Mas que coincidência extraordinária, Adriana! Você apareceu de fada madrinha! – Cíntia abraçou Adriana com afeto, beijando seu rosto. – Mas ainda tem o problema da escola. Quando começam as sessões?

– Em Nova York, semana que vem – disse Roberto, aproximando-se da cadeira que Pedro lixava.

– Mas como eles podem escolher uma menina que está gorda para fazer uma campanha em Nova York semana que vem? – perguntou Guta.

– Maria Augusta! – repreendeu-a Cíntia. – Sua irmãzinha não está gorda, ela tem andado meio ansiosa, apenas. Meu bem, não é muito estresse para ela viajar para o exterior agora?

– Como é que eles escolheram assim, sem mais nem menos?– perguntou Duda.

– É a mesma grife que assinou o contrato com Clara, no dia da morte dela – esclareceu Roberto, comovido. – Até o fotógrafo era o mesmo. Quando eu cheguei à agência, todo mundo chorou ao se lembrar da Clara.

Um silêncio constrangedor se formou quando Roberto disse isso. A pergunta de Pedro quebrou o momento:

– A cadeira vai junto com a Heloísa? – perguntou ele.

Um riso nervoso tomou conta do ateliê.

– Não. A cadeira vai comigo e com Cíntia, mês que vem – disse Roberto. – A Heloísa vai com a Adriana daqui a dois dias.

– Mas, Roberto, como é que você decide tudo isso sem falar comigo, amor? – O tom de Cíntia agora era magoado.

Roberto, que estava ajoelhado aos pés da cadeira, levantou os olhos para a mulher.

– Querida, eu não posso negar essa oportunidade à filha de Clara.

– Que eu crio como minha – insistiu Cíntia. – Aliás, onde está a Heloísa?

– Ela está arrumando as malas com a Marinês, pois vai para a casa da Adriana em Friburgo passar o fim de semana – comunicou Roberto se aproximando e passando o braço sobre os ombros da mulher.

– Por quê? Ela vai viajar na segunda e fica longe da própria família antes? Ela é uma criança, Roberto.

– É uma criança que está infeliz, ansiosa e conseguiu uma grande oportunidade de mudar de ares. Vamos todos colaborar? – Roberto chamou as filhas. – Duda, Guta, vamos ver a Heloísa?

Adriana se mantivera em silêncio, olhando os móveis e acessórios pelo ateliê enquanto o diálogo transcorria. Cíntia se deixou ficar para trás enquanto Roberto e as filhas saíam.

– Você está feliz, não está? Voltou para interferir na minha família! Mas vou te avisar de uma coisa: meu marido você não leva.

– Não tenho a menor intenção de levar o marido de ninguém. Não se preocupe, Cíntia.

– Você vai negar que sempre foi apaixonada pelo Roberto? Desde antes de ele se casar com sua amiga Clara? Vai negar que ser madrinha de Heloísa era uma maneira de ficar perto dele?

– Eu nunca fui apaixonada pelo Roberto, Cíntia. Ser madrinha da filha de Clara foi a maneira que eu encontrei de ser um pouco mãe da Heloísa. Roberto sempre soube disso e respeitou. Agora, você me dá licença, eu vou ajudar minha afilhada.

6 PEDRO

CÍNTIA FICOU SOZINHA com Pedro no ateliê. O garoto estava com a expressão neutra que sempre usava para olhar para ela.

– Está olhando o quê, garoto? Lembre que, se a Heloísa não está aqui, você e sua mãe não são tão necessários. Estou acostumada a tomar conta de uma casa sozinha. Eu e minhas filhas.

Pedro não respondeu. Ele ia completar dezessete anos. Sua mãe estava com 49. Ela o havia criado com praticidade e disciplina. Nunca escondera a dureza dos fatos. Ele era filho de mãe solteira, negro, pobre. Apesar da bolsa em uma escola de rico, apesar de ter morado apenas em duas casas nos seus quase dezessete anos de existência, isso não mudava a sua realidade. As duas casas eram confortáveis, eles sempre foram bem tratados, pela primeira patroa e por Roberto, mas ela, Marinês, era doméstica. Pedro não podia ter comportamentos "folgados" como seus colegas que tinham tudo. Onde Marinês arranjaria emprego se fosse demitida por causa de um filho adolescente malcriado?

– Eu arrumaria emprego, claro que arrumaria. Trabalho desde os doze anos, mas quem cuidaria de você, se eu trabalhasse de faxineira e gastasse seis horas por dia na condução? – A mãe explicara isso trezentas vezes ou mais durante sua infância e adolescência.

Pedro entendia e concordava com a mãe. Não tinha raiva daquelas regras claras e duras. Seus colegas da Escola Americana Católica, às vezes, confidenciavam sua irritação com as regras dos pais, das mães, das empregadas. Ficavam ressentidos e depois se sentiam culpados por terem ressentimento de quem cuidava deles.

Pedro teve a sorte de entender, desde pequeno, que ser filho de Marinês, morar com a professora de inglês, primeiro, e com Roberto e Heloísa, depois, não eram presentes ou punições aleatórias. Aquelas pessoas o queriam por perto e ele devia fazer por merecer que continuassem querendo. Seguindo as regras da mãe.

Nunca responder aos mais velhos. Começando pela mãe, passando pelos patrões e professores.

Não aceitar convites ou presentes que não pudesse retribuir. Essa regra era especialmente dura porque significava nunca ir à casa dos colegas em Angra dos Reis ou em Búzios.

Jamais começar uma briga, não bater em gente mais fraca ou em meninas, não se envolver com más companhias e, principalmente, não enfrentar gangues.

Usar por favor, obrigado, com licença com qualquer pessoa de qualquer idade, e em qualquer lugar.

– Resumindo, meu filho: é para sempre pedir licença, mas nunca deixar de entrar – corroborava a avó, mãe da mãe, quando era viva e eles iam visitá-la na favela onde morava com as outras filhas, todas casadas e mães de muitos filhos.

A avó Maria Cândida era uma negra muito negra que tivera seis filhas, sem perder nenhuma para a pobreza. Criara as filhas lavando e engomando roupas da classe média e dos ricos do Leme, de Copacabana, na esperança de que as filhas estudassem e levassem uma vida menos dura. Marinês era a caçula, a mais querida, a única que não casara cedo, talvez porque fosse a menos bonita, talvez porque gostasse menos de praia e de festas do que as outras. Arranjara um emprego numa creche, aos dezoito anos, e vivia bem, com uma das irmãs casadas, na casa de alvenaria que fora da mãe, no alto do morro do Chapéu Mangueira.

A mãe, avó de Pedro, morava com outra filha, no morro do Preventório, em Niterói, depois que se aposentara por causa da velhice e da catarata.

No aniversário de 32 anos, Marinês deixou de passar com a família e foi a uma feijoada na casa de amigos. Lá conheceu o pai de Pedro, um pernambucano em férias no Rio de Janeiro. Foi uma paixão imediata para ela e uma semana de felicidade para ele, que foi embora, prometeu escrever e nunca mais entrou em contato.

Quando Pedro perguntava pelo pai, Marinês respondia com a mesma clareza que respondia a suas outras perguntas. Ele não contara que era casado, ela só soube quando ligou para a empresa onde ele trabalhava, em Recife, e lhe contou da gravidez.

Um dia, Pedro contara para a avó Cândida de sua mágoa por não ter pai, ao contrário dos outros meninos da escola, da vizinhança.

– Nunca mais tenha pena de você por não ter o que os outros têm – disse a avó, pegando uma de suas orelhas e torcendo de leve. – Esse é o caminho da inveja. Você tem sua mãe, sua avó, tios, primos, amigos, saúde... Muita gente não tem nem isso!

– Mas eu fico triste de não ter um pai que vá me buscar na escola – ainda tentou argumentar Pedro.

– Não faça isso, ouviu, Pedro? Tristeza não se cultiva. Se você começa a fazer as contas de todos os motivos que tem para ficar triste, em vez de todos os motivos que tem para ficar alegre, você não para mais.

Ele se acostumara a seguir as regras da mãe e o ensinamento da avó e foi isso o que fez quando Cíntia ameaçou demitir Marinês e mandar os dois embora. Ele fez as contas, de imediato, do quanto Heloísa, aos doze anos, estava à mercê de uma trama muito mais difícil do que a dele. Apesar de ser muito menos negra do que ele, de não ser pobre, de não ser filha de mãe solteira, Heloísa dependia da proteção de Adriana. Naquele momento, Pedro decidiu que, se dependesse dele, Heloísa teria toda a proteção possível contra quem era capaz de afastá-la de pessoas como ele, Adriana e Marinês.

– A senhora precisa de mais alguma coisa, *dona* Cíntia?

– Não, pode terminar o seu serviço – respondeu Cíntia, satisfeita com a mudança de tratamento.

Daquele dia em diante, durante os meses seguintes, Pedro a chamou de dona e se manteve respeitoso e invisível sempre que pôde.

Ele escreveu para a professora Katherine, a primeira patroa de sua mãe. Queria morar nos Estados Unidos, aprender mais a marcenaria que Roberto lhe ensinara – isso seria um sonho impossível? Ela respondeu que não e lhe passou contatos em Nova York que podiam ajudá-lo. Pedro conseguiu o endereço do pai e lhe enviou fotos e o seu boletim escolar, perguntando se ele lhe daria como único presente na vida a passagem para os Estados Unidos.

Uma das regras de Marinês era a de que o filho sempre lhe contasse dos convites de estranhos, sempre conversasse com ela sobre os planos que as pessoas fizessem a seu respeito. Ela não dissera nada sobre Pedro ter a obrigação de partilhar com ela os planos dele a respeito dos outros.

No dia em que completasse dezessete anos, Pedro apresentaria à mãe as passagens que o pai lhe enviara e o *e-mail* de uma marcenaria em New Jersey onde ele poderia trabalhar e continuar estudando. Ela podia escolher entre passar um ano nos Estados Unidos com ele ou ficar no Brasil sem precisar sustentá-lo. Mas ele fazia questão de que Marinês pedisse demissão. Seria seu presente de aniversário. Era o único que ele desejava. Não imaginava que ela também tivesse uma surpresa para ele.

7
ADRIANA

ADRIANA DISSERA A verdade para Cíntia sobre nunca ter sido apaixonada por Roberto. Sua lealdade toda era voltada para Clara, sua colega de escola, vizinha, companheira de festas, cinema, descobertas dos catorze aos 23 anos. Eram unidas, alma a alma, para além de outros amigos, para além de outros amores, até Clara conhecer Roberto e se apaixonar por ele da forma definitiva que algumas pessoas se apaixonam. Amando Clara como ela amava, lhe parecera natural amar a família que ela formara. Ter sido convidada pelo casal para ser a madrinha de Heloísa fora uma honra, uma dádiva. Seu mundo estava completo, pensou na época.

A morte de Clara, aos 27 anos, atingira Adriana de forma brutal. Durante meses, só se levantava da cama, de manhã, porque sabia que numa casa no Grajaú, do outro lado da cidade, estava uma criança de três anos que nunca mais teria Clara para iluminar sua vida. Ela olhava suas olheiras, no espelho, seu cabelo curto, o *piercing*, a tatuagem no ombro, tomava um café amargo, se obrigava a comer um pedaço de pão e descia sua magreza até a moto na garagem. Ela morava em Ipanema; era um trajeto comprido, mas Heloísa fazia valer a pena.

Acordar a casa, arrumar Heloísa para a creche, nos primeiros dias, quando Roberto mal conseguia se manter vivo, esperar que ele tomasse café, ir até o carro, junto com ele, voltar, abrir as janelas, varrer a casa, preparar o almoço dos dois, isso era o que mantinha o mundo funcionando para Adriana.

Só quando Roberto voltou à tona e começou a trabalhar de novo foi que Adriana conseguiu sentar para chorar sua perda. Ela também tinha deixado o trabalho de lado, precisou retomar contatos e, aos poucos, foi produzindo desfiles, agenciando talentos e conseguindo pequenos trabalhos para Heloísa, que crescia linda como a mãe.

A chegada de Marinês e Pedro à vida de Heloísa foi um alívio para Adriana. Ela se preocupava com a afilhada crescendo naquela casa grande demais para uma criança só. Quando Cíntia e as filhas retornaram dos Estados Unidos e Roberto resolveu reconstruir sua primeira família, Adriana achou que seu afastamento seria um preço pequeno a pagar.

Encontrar Heloísa, devorando um *sundae* na praça de alimentação de um *shopping*, caminhando para se tornar uma criança ressentida, foi um choque. No entanto, ela era uma mulher rápida em tomar providências práticas. Desde a morte de Clara, ela se concentrara primeiro em sobreviver, depois em vencer profissionalmente. Com essa determinação se tornara uma produtora de elenco conceituada, bem informada sobre as oportunidades de trabalho, firme em identificar chances de jovens buscando o sucesso no mundo da moda.

Debaixo dos olhos molhados de lágrimas da afilhada, ela podia enxergar os cílios longos e os olhos umas vezes castanhos, outras verdes, olhos claros e luminosos. Heloísa parecia, desde sempre, com a mãe, longilínea, mas pequena, de cabelos cacheados, castanhos dourados, deslumbrantes. A mãe dizia, quando a fotografava, antes do acidente estúpido que a matou, que na filha a cor da família parecia doce de leite. "Minha filhinha é a obra-prima da miscigenação". E ria, colocando sua pele morena escura ao lado do moreno dourado da filha, ao lado da brancura e das sardas de Roberto. Heloísa estava cada dia mais parecida com a mãe. Mesmo sob lágrimas, mesmo estando a caminho de se tornar uma adolescente infeliz, ela continuava linda.

Adriana não sabia ainda como resolveria aquele obstáculo na vida de Heloísa, mas resolveria. No táxi, Heloísa lhe mostrara, tímida, as fotos que fizera enquanto ela ligava para Roberto, a foto de si mesma se empanturrando de *sundae*, lavando o rosto. Adriana olhou surpresa. Aquilo poderia ser uma solução.

– Você tem mais fotos como essas?

Na agência, enquanto esperavam pelo ensaio da modelo que representava, Adriana olhou os álbuns do celular de Heloísa. Eram fotos engraçadas, indiscretas, algumas bizarras.

Não era comum Adriana agir impulsivamente na vida profissional, mas as fotografias mostradas para o fotógrafo que comandava a sessão premiaram seu sentido de urgência.

– Pede para ela fotografar a mim e as meninas. Quero ver o que ela vê – sugeriu ele.

Todos se divertiram muito com o que a menina clicou no *smartphone* durante a sessão. Uma modelo bocejando, outra se enrolando com a maquiagem, outra chutando os sapatos e rindo depois. Heloísa transformara o trabalho das modelos em festa, mas dera uma boa ideia também do esforço que estava envolvido naquilo.

– Se você quiser trazê-la conosco, acho que ela pode ser uma herdeira do talento da mãe – convidara o fotógrafo. – Não vou assumir nenhum compromisso, mas acho que ela tem futuro...

Mesmo assim, se não fosse o comentário de Cíntia, no ateliê, Adriana ainda teria dúvida se não teria sido invasiva. Cair de paraquedas na infelicidade de uma menina de quase treze anos não teria sido demais?

A reação de Cíntia tranquilizara Adriana. Fizera o melhor para a afilhada com a "invasão" do universo familiar de Roberto e Cíntia. Uma pequena distância, durante uma curta temporada, facilitaria a vida de todos, tiraria a tensão do ambiente.

Não foi, no entanto, apenas uma pequena temporada. Heloísa aprendia tudo sobre fotografia e o acesso a uma câmera de testa, como ela chamava a Pro que lhe foi franqueada, junto com um par de patins, rendeu um trabalho amador, mas muito talentoso, logo nos primeiros dias. Os vinte dias se transformaram em sessenta e Adriana precisou pedir a ajuda de Pedro para, por meio do Skype, preparar Heloísa para as provas, para que ela não perdesse o ano na escola.

Voltaram ao Brasil para o aniversário de Heloísa e o Natal, mas qualquer chance de boa convivência entre as irmãs se perdera. O próprio Roberto reconheceu isso numa conversa reservada com Adriana:

– As coisas estão dando muito errado para Duda e Guta. Cíntia não conseguiu nenhum contrato importante, e o que conseguiu elas não quiseram. Dizem que ou é a fama que Heloísa está desfrutando ou nada.

– É um mercado difícil para quem começa tarde – tentou contemporizar Adriana.

– Foi o que Cíntia tentou explicar para elas, mas as duas contra-argumentam, Duda, principalmente. Dizem que começaram tarde porque eu não dei a elas as chances que Heloísa teve.

– Que chances Heloísa teve, perdendo a mãe aos três anos de idade? – espantou-se Adriana.

– Tentei dizer isso, mas elas estão naquela fase, você sabe, de contestar tudo. Duda alega que elas perderam o pai, a mim, por causa de Clara e que Heloísa usou a orfandade para conseguir uma profissão nova.

Adriana se calou. O que poderia dizer? As filhas não eram suas e ela não concordava que existisse uma fase que desse o direito às pessoas de dizerem o que bem entendessem independentemente do grau de injustiça envolvido.

– Eu estive pensando, Adriana, se não seria possível, se você não poderia ajudar...

– Você não vai me pedir para representar a Duda e a Guta, vai, Roberto?

– Você faria isso por mim? – perguntou Roberto esperançoso, mudando de ideia diante da expressão severa de Adriana. – Claro que não – ele

concluiu. – Nem Cíntia permitiria. Ela não entende a nossa amizade. Só entenderia se eu explicasse tudo e você não vai querer isso, não é?

Adriana continuou olhando para ele, sem dizer nada.

– Outra ideia idiota, eu sei. Bem, então, só me resta pedir que você arranje outro contrato para Heloísa, fora daqui.

– Roberto, ela só tem treze anos! Vai sentir falta do Brasil, da escola, de vocês! – protestou Adriana.

– Eu sei, Adriana, mas acontece que não é bom para Heloísa ficar no meio dessa hostilidade toda. Vai atrapalhar a cabecinha dela. Me ajuda, vai, não é difícil conseguir uma temporada a mais nessa história de fazer *making of*, é?

– Não, Roberto, não é difícil. Eles têm interesse em que Heloísa continue fotografando, mas ela é muito criança para se profissionalizar. Vai ter que estudar fora. É isso que você quer?

– Eu quero que minhas filhas sejam felizes, as três. É pedir muito?

Roberto disse isso num tom mais alto que encobriu o ruído de passos se afastando.

8 MARINÊS

HELOÍSA ESTAVA CHEGANDO à sala quando ouviu o final da conversa do pai e de Adriana; aflita, recuou e se chocou com Marinês, que estava à sua procura. Só de olhar para a menina, Marinês percebeu que, o que quer que tivesse acontecido, coisa boa não era.

Marinês pegou Heloísa pelo braço e a levou dali. No quarto da menina, as duas conversaram:

– Meu pai quer se livrar de mim, Marinês.

– Não exagera, Helô. Seu pai deve estar querendo proteger você do ambiente desta casa. Aliás, tá um clima difícil.

– Ele gosta mais das outras do que de mim. Gosta mais da tranquilidade dele do que de mim.

Marinês percebeu que a inocência de Heloísa terminara, naquele momento, com as irmãs se transformando nas "outras". Marinês nunca fora de poupar ninguém, nem o próprio filho, das coisas que enxergava como certas, e achava mesmo que Roberto estava sendo egoísta. Como o pai de

Pedro fora. Mas do que adiantava concordar com Heloísa? Irmãs brigam entre si, em especial quando os pais deixam. Como era o caso de Cíntia e Roberto com Duda e Guta. Repetiu o mantra que a mãe usava com ela.

– Irmãs brigam, Helô. É difícil encontrar irmãs que não briguem.

– Elas são tão bonitas, não têm por que ficar com raiva da minha fama. Foram só três trabalhos em dois meses. Pode parar de dar certo.

– Seus três trabalhos renderam mais do que tudo o que elas já ganharam até hoje. Não tem jeito, algumas pessoas simplesmente não conseguem chegar lá.

– Mas elas não precisam ficar com raiva de mim por causa disso.

Marinês ainda pensou em retrucar que era exatamente por não conseguirem sucesso que Duda e Guta estavam com raiva da irmã.

– Heloísa, não é melhor você manter sua tranquilidade, também?

– Eu não quero voltar para o exterior sozinha.

– Você não iria sozinha. Sua tia Adriana...

– Minha tia Adriana trabalha, sai o tempo todo, ela não tem tempo de cuidar de mim. – O rosto de Heloísa se iluminou. – Você podia vir comigo!

– E deixar o Pedro? Deus me livre!

– Pedro tem dezessete anos, eu ainda vou fazer treze. Preciso mais de você do que ele.

Marinês olhou para Heloísa, lembrou-se dela aos cinco anos, tão alegre e determinada, pensou nos seus próprios 49 anos, sem nunca ter saído do país. Uma única viagem fora do Rio de Janeiro até Belo Horizonte para assistir ao funeral de uma tia.

– Vamos fazer o seguinte: se você viajar para ficar muito tempo fora, eu vou com você e deixo Pedro na casa da minha irmã. Fico até você se ambientar, depois volto. Dois meses. Desde que não seja no frio.

As coisas nunca saem exatamente como planejamos ou como prometemos. Marinês devia saber disso antes de assumir o compromisso com Heloísa.

Chateada com a conversa de Roberto e com o clima em torno de Heloísa, Adriana mandou um *e-mail* para o fotógrafo que a levara para Nova York. Heloísa tinha interesse em passar um tempo fora do Brasil, ela o informou, e fez também outros contatos. O fotógrafo passou o DVD com os álbuns do *making of* de Heloísa para uma fotógrafa que estava envolvida numa campanha para uma grife espanhola de moda para crianças e adolescentes. A ideia da campanha era criar um clima multicultural e a fotógrafa achou que o *making of* feito por uma adolescente que havia sido modelo na infância podia render uma boa publicidade, além das fotos. A dona da grife se encantou com a ideia e com as fotos de Heloísa e ofereceu

um contrato exclusivo durante dois anos. A contar de janeiro. Inverno no hemisfério norte.

A notícia da proposta foi dada por Adriana no jantar de aniversário de Heloísa, no início de dezembro. Cíntia não queria que Roberto assinasse o contrato, mas ele não poderia ceder à sua vontade. Pedira exatamente isso a Adriana. Afastar Heloísa por uns tempos da casa onde a discórdia entre as irmãs se traduzia em alfinetadas. Ele tomou as medidas legais para Adriana levar a filha caçula para a Espanha.

Daí em diante, as coisas pioraram muito. O entrevero final veio com a história da pretensa necessidade de Heloísa deixar de ir à praia para não "assentar a cor". A questão da cor chegou a Roberto junto com o comentário sobre o papel de Clara no seu divórcio. Os detalhes foram trazidos por Marinês.

O comentário fora feito por Duda, num bate-boca com Guta ao saírem para a praia. Duda se recusou a aceitar o pedido de Heloísa para ir junto.

– Não pode ir à praia com a gente, vai assentar a cor – acrescentou Guta, plácida. – Se isso acontecer, vai ser discriminada e se fazer de vítima, já pensou?

– Você tem melanina demais, saiu à sua mãe – disse Duda.

– Você acha que eu me incomodo com a quantidade de melanina que minha mãe tinha? – perguntou Heloísa, zangada.

– Acho que não. Afinal, ter a pele escura é melhor do que roubar o marido de outra, como sua mãe fez – respondeu Duda, ferina.

Aquele comentário, dito quase na frente de Marinês – ela estava na cozinha, a porta aberta, impossível as adolescentes não a terem visto –, era tudo o que ela precisava ouvir para sair daquela casa. Não queria ficar num lugar onde irmãs diziam essas coisas para uma meia-irmã, na frente de uma empregada negra, na certeza de que não seriam punidas.

Dessa vez, ela não fez nenhuma tentativa de consolar as lágrimas ou intervir na raiva de Heloísa. Foi atrás dela até a sala onde Roberto e Cíntia liam o jornal de sábado entre os restos de café. Os dois escutaram o relato de Heloísa entre consternado, Roberto, e lívida, Cíntia.

– Não é possível que minhas filhas tenham dito isso. Elas são meninas bem-educadas – disse Cíntia, finalmente.

– Você acha que eu sou mentirosa? – Heloísa recomeçou a chorar. – Elas é que são mentirosas, você tinha deixado meu pai quando ele conheceu a minha mãe.

– Não, filhinha. Cíntia quis dizer que você talvez tenha entendido mal a implicância de suas irmãs, às vezes...

– Ela não entendeu mal, Guta disse que Heloísa tinha melanina demais, como a mãe dela, e Duda disse que ter melanina demais é melhor do que roubar o marido de outra, como a mãe de Heloísa fez – resumiu Marinês, entrando na sala e olhando diretamente para Cíntia.

– Vem cá, quem é você para se meter na nossa conversa de família? – perguntou Cíntia, irritada.

– Eu sou a pessoa com melanina demais que lava, passa e cozinha para suas filhas malcriadas e racistas.

– Peraí, Marinês, as meninas não são racistas – tentou contemporizar Roberto.

– São, sim, e foram cruéis com a Heloísa. Eu vi, eu ouvi.

– Como funcionária desta casa, você não pode tomar partido em brigas de irmãs – disse Cíntia, com voz suave.

– Então não quero mais ser funcionária desta casa – disse Marinês.

Marinês não ficou para ver a reação às suas palavras. Foi até o seu quarto, no fundo da casa, para arrumar suas malas e as do filho. Uma hora depois, Adriana bateu na porta. Marinês abriu.

– Posso entrar?

– Pode – disse Marinês, seca, continuando sua arrumação.

– Sinto muito que você saia desta casa dessa forma.

– Seu Roberto é um banana. Virou cera nas mãos da mulher e das filhas. Não de Heloísa, das outras.

– Ele se sente culpado por tê-las deixado sem pai tanto tempo – explicou Adriana.

– Bobagem. Elas estavam com o padrasto nos Estados Unidos, felizes da vida, mal lembravam dele.

– Bem, agora não tem jeito, elas o culpam, ele se sente culpado e Heloísa é a prova viva de que a mãe delas foi substituída por outra – resumiu Adriana. – O que importa agora é o que *você* vai fazer.

– Por quê?

– Porque eu tenho um convite, uma proposta. Quero que você acompanhe a Heloísa. Eu vou junto, nos primeiros dias, mas você ficaria com ela.

– Seu Roberto e dona Cíntia sabem disso?

– Não, eu não comentei, posso falar com ele depois. Vou ter que falar. Existe um momento certo para tratar com as pessoas.

– Eu não podia ouvir aquilo tudo e ficar calada – resmungou Marinês.

– Claro que não. Você topa ir com a gente para a Espanha e ficar por lá durante um tempo?

– Vou pensar – respondeu Marinês. – Agora eu vou para a casa da minha irmã. Depois de conversar com o Pedro.

– Você me dá uma resposta amanhã? – pediu Adriana. – Precisamos arrumar passaporte, passagens, tudo muito rápido.

A conversa com Pedro foi surpreendente para mãe e filho. Ela não sabia que Pedro ia lhe pedir que saísse do emprego em agosto e fosse para os Estados Unidos com ele em setembro. Nem sabia que ele se correspondia com o pai, que já lhe prometera a passagem. Para Marinês, o plano do filho parecia uma maluquice, e as passagens prometidas pelo pai, uma enganação.

Não eram, como ela descobriu mais tarde. De qualquer forma, o filho adorou seu pedido de demissão súbito e gostou da ideia de ficar na casa da tia por uns tempos.

Marinês havia prometido a Heloísa acompanhá-la e deixar Pedro por dois meses. Foi então com ela e Adriana para Madri, onde se instalou resmungando do frio, mas em meses ela, que só conhecia o Rio de Janeiro e Belo Horizonte, falava um mínimo de espanhol e de inglês para interagir com outros imigrantes. E com modelos um pouco mais velhas do que Heloísa, que sentiam falta da família e acabaram se integrando num apartamento dirigido pela "tia" brasileira.

Os dois meses prometidos a Heloísa se prolongaram para o primeiro semestre do ano em que Pedro se formava na Escola Americana.

Longe de Marinês, Pedro passou alguns dias na casa do pai, em Recife, e saiu de lá com o combinado de fazer o passaporte já com o nome do pai numa nova certidão.

– Como assim, uma nova certidão? – espantou-se Marinês por Skype.

– Meu pai vem ao Rio para retificar minha certidão – explicou Pedro.

– Mas para que isso, menino?

– Porque eu quero ter o nome dele – disse Pedro.

– Você quer o nome de um pai que nunca quis saber de você? – perguntou a mãe, magoada.

– Eu quero o nome de um pai que se arrepende hoje de nunca ter ligado para mim – disse Pedro.

Feito do jeito que o filho queria ou do jeito que Heloísa precisava. Pedro viajou para Nova York para seu curso de *design* de móveis. Marinês ficou na Espanha com Heloísa, viajou para outros países com ela e só reviu o filho no Natal seguinte.

O mesmo Natal que Heloísa não passou em casa, pela primeira vez, por causa de uma matéria maliciosa numa revista brasileira.

9 DUDA

HELOÍSA ESTAVA HAVIA dois anos na Europa com Marinês e suas fotos já deixavam de ser um flerte de criança com a fotografia. Eram imagens com os rostos multicoloridos da grife no dia a dia das profissões envolvidas na moda. Eram instigantes e engraçadas e percorriam o mundo.

Foi nessa época que surgiu a primeira ruptura grave entre as filhas de Roberto com Cíntia e a filha de Roberto com Clara. Parece um equívoco falar em primeira ruptura, considerando o episódio do *shopping* e a briga por causa da melanina da pele de Heloísa ou o papel de Clara na separação de Cíntia e Roberto. Ocorre que as brigas anteriores ficaram no âmbito da família.

A primeira vez que as opiniões das irmãs sobre Heloísa extravasaram para o público coincidiu com o início do declínio físico de Roberto.

Uma revista brasileira de circulação nacional estava preparando uma matéria de capa sobre novidades no mundo da moda, e a trajetória de Heloísa, que fotografara desde bebê, se transformara numa pré-adolescente quase gorducha e depois num prodígio da fotografia de *making of*, era uma boa história. O repórter telefonou para a casa de Roberto para falar com ele ou com Cíntia. Quem atendeu foi Duda.

Duda entrara para a faculdade de Direito no ano anterior e era considerada um talento para a profissão, especialmente para o litígio. Roberto e Cíntia tinham grande orgulho dela. Era estudiosa, ajudava a mãe em casa, era carinhosa com o pai, muito unida com Guta, que namorava o administrador de uma agência de modelos bem mais velho.

O repórter que telefonou era jovem, ambicioso, pretendia fazer uma ascendente carreira no jornalismo investigativo. Enquanto isso não acontecia, entrevistava, com certa má vontade, famílias de modelos brasileiras de algum sucesso. Uma chatice. Até falar com a jovem Maria Eduarda e ouvir sua versão sobre o sucesso da irmã. Pressentiu que estava diante de uma grande matéria e tratou a entrevista como tal.

A falecida Clara mudou de feições depois dessa conversa. O resumo feito pela pesquisa do jornal se referia a ela como a jovem fotógrafa negra que clicava o marido e a filha tantas vezes que acabou por abrir caminho

para o estrelato da menina. As informações de Duda mostraram uma moça desesperada para casar a fim de se livrar de uma vida medíocre. A mulher fatal destruidora do casamento de Cíntia e Roberto.

Cíntia foi a grande incentivadora da carreira de Heloísa, contou Duda, ao telefone. Foi também a principal vítima da ingratidão da menina prodígio que não ajudava a família em nada, apesar dos contratos no exterior. Apesar da doença que tinha acometido Roberto, dificultando a cada dia o seu trabalho.

O repórter encontrou-se com Duda na faculdade e ela lhe mostrou as fotos de Clara. No lugar de uma mulata *mignon* e sorridente num visual entre o simples e o brejeiro, apareceu uma mulher muito maquiada num vestido decotado e com uma nesga enorme que mostrava a coxa inteira.

Duda mostrou também a foto de Heloísa aos treze anos, por acaso uma foto que elas haviam tirado no *shopping* minutos antes de deixarem a irmã em companhia do *sundae* de chocolate com castanhas.

– Você e sua irmã eram muito mais bonitas do que ela – exclamou o repórter. – Por que não fizeram o mesmo sucesso?

– Porque minha mãe se dedicou mais à carreira dela.

– Mas isso não foi injusto com vocês?

– Minha mãe é muito generosa e se preocupava muito com a Heloísa por ser órfã, por ter uma mãe com a personalidade oscilante que ela teve, os traumas de infância, sabe...

– Posso ficar com essas fotos? As suas e as delas? – perguntou o repórter. – Eu devolvo depois.

Heloísa soube da doença do pai ao abrir a revista. Ninguém lhe avisara que Roberto não conseguia mais trabalhar nos seus móveis.

O que ela podia fazer contra um repórter que tomara partido numa questão familiar e fizera de sua mãe e dela personagens inverídicas? Nada que valesse a pena, pensou.

Mas esclarecer as coisas com o pai ela podia. Esperou os quinze dias que faltavam para terminar a campanha e embarcou para o Brasil.

Foi direto do aeroporto para a casa dele, entrou na sala no horário do café e pôde ver a dificuldade com que Roberto mexia os talheres. O início de paralisia do rosto deixava-o com uma expressão carregada, quase hostil, mas Heloísa não tinha como saber disso. Cíntia a olhou com desaprovação:

– Puxa, Heloísa, que surpresa, você chegar sem avisar ninguém!

– Minha filha famosa! – disse Roberto, com a voz carregada. – Venha aqui me dar um abraço. Por que você não respondeu às minhas mensagens?

– Eu não recebi nenhuma mensagem sua – disse Heloísa, abraçando o pai. – Você enviou do seu *e-mail*?

– Não, Cíntia enviou. Eu não estou escrevendo mais. – Roberto levantou as mãos e Heloísa tomou um susto. As belas mãos do pai, marcadas por pequenos cortes, ásperas dos instrumentos de marcenaria, mas ainda assim belas, estavam inertes e deformadas.

Heloísa olhou para a madrasta e se voltou para o pai.

– E lendo, papai, você está?

– Estou, filha, é o que me consola – respondeu Roberto.

– Então, papai, você pode ler o que está escrito nesta revista? – Heloísa estendeu a revista para ele.

Cíntia e Guta ficaram olhando zangadas enquanto Roberto pegava a revista com dificuldade. Só Duda olhava com expressão plácida, quase divertida. Heloísa abriu a bolsa grande, de viagem, e retirou a câmera que usava com patins no trabalho.

– Engraçadinha essa sua câmera na testa... É moda na Europa? – perguntou Duda.

– Por que você quis que eu lesse isso? – perguntou Roberto, fechando a revista.

– Porque é uma matéria malévola contra a minha mãe, e alguém nesta casa disse essas mentiras para o repórter.

– É maliciosa contra sua mãe, mas deve ter sido um mal-entendido do jornalista – disse Roberto. – Sente-se aqui, me conte as novidades.

– Pai, você não vê que alguém contou essas mentiras a meu respeito?

– Que mentiras, minha filha? É mentira que você não visita a sua família há dois anos? – perguntou Roberto.

– Elas não são minha família. Você é minha família e ninguém me avisou que você estava doente. – Heloísa virou a cabeça para Guta na hora em que a meia-irmã colocava um pedaço de pão na boca, com ar triunfante.

– Heloísa, como você pode falar dessa forma de suas irmãs, que sempre a amaram tanto? – perguntou Cíntia, magoada. – Suas irmãs que estão aqui, do lado de seu pai, enquanto você bate perna pelo mundo sem ajudar em nada seu pai doente?

– Sem ao menos telefonar ou enviar um *e-mail* – disse Duda.

– Eu telefonava e você não estava, pai, ou pelo menos elas diziam que você não estava.

– Você está se fazendo de vítima, enquanto se aproveita das providências que seu pai tomou para proteger o seu dinheiro – disse Cíntia, zangada.

– Chega, Cíntia. Você sabe que não é o dinheiro que me faz falta – dis-

se Roberto. – Heloísa, você não pode passar dois anos sem vir aqui e voltar cheia de acusações.

– Uma filha que ama o pai de verdade não se afasta porque não conseguiu falar com ele duas ou três vezes – disse Duda.

– Sua irmã está certa – disse Roberto, cansado. – Eu não quero mais falar sobre isso. No tempo que você vai ficar aqui a gente põe as coisas nos eixos.

– Eu não vou ficar aqui tempo nenhum, pai – disse Heloísa.

– Como você não vai ficar? Você não veio de férias? – perguntou Roberto, agastado. – Cadê suas malas?

– Não – respondeu Heloísa. – O táxi está na porta.

– Isso é que é amor de filha! – disse Duda, dessa vez zombeteira.

– Heloísa, se você não ficar aqui, não precisa voltar mais. Vou emancipar você e não precisa voltar mais – disse Roberto, zangado.

– Está bem, vou conversar com a tia Adriana e pedir a ela que arranje um advogado para mim.

Heloísa virou a tiara que sustentava a câmera e se dirigiu para a porta, com os ombros longe das orelhas, como aprendera com as meninas que desfilavam. Meninas que passavam anos longe dos pais, sem necessariamente perder a família. Os ombros afastados das orelhas mantinham o corpo no eixo e ficar no eixo era tudo de que ela precisava naquela hora.

10
MADRINHA

AGORA A MINHA versão da história da filha que deu certo.

Eu sou a tia Adriana. Tia "postiça". Administrei a carreira de modelo da Heloísa desde os três anos. Ofereci fotos dela às agências, a acompanhei nos desfiles, da época em que Clara morreu até Cíntia se encarregar dos contratos, depois que Roberto se casou com ela pela segunda vez.

Contei esta história porque Heloísa me pediu que a contasse. Porque tenho tudo anotado, nos meus diários, desde o dia em que conheci a mãe de Heloísa. Porque tenho cópia de todas as fotos familiares que Heloísa fez, as fotos dos personagens desta história.

Quando Roberto, já doente, exigiu que Heloísa escolhesse entre ficar com ele e a família ou ser emancipada, eu fui a pessoa que acolhi as lágrimas de minha afilhada e levei um advogado para conversar com o pai dela.

Quando a obra de Roberto estava quase destruída pela má administração, fui eu que arranjei outros especialistas para reavaliá-la e providenciei pauta em museu, advogado para preparar os documentos de autorização para ele assinar. Porque era isso o que a filha dele, Heloísa, queria.

Quando uma família se desentende, alguém tem que proteger o lado mais fraco. Eu protegi Heloísa que, felizmente, tem aptidão para ganhar dinheiro com o próprio trabalho e aprendeu a se defender de injustiças.

Eu gostaria que a família de Roberto com Cíntia pudesse ter absorvido a família dele com Clara. Mas nem tudo o que a gente deseja acontece.

Esta é a última homenagem a um homem que amou muito as mulheres da vida dele, apesar de nem sempre ter sabido administrar seus afetos com sabedoria e justiça.

Maria Eduarda e Maria Augusta: vocês são bonitas, bem-sucedidas, tomaram o partido que lhes pareceu o mais correto nesta história.

Conto esta história como uma homenagem à época em que eu e a mãe de Heloísa tínhamos a idade que vocês têm agora. Uma homenagem à época em que éramos jovens e achávamos que nada de mal podia nos acontecer.

11 HELOÍSA

FIQUEI MUITAS E muitas horas pensando em como falar sobre meu pai neste momento tão importante para todos nós. O momento da despedida final de um homem tão querido como ele.

Talvez seja difícil falar dele porque sou uma filha um pouco diferente. Tenho dezessete anos e hoje ganho dez vezes mais do que meu pai jamais ganhou na vida. Desde os doze, trabalho com o talento que me impediu de seguir o caminho de adolescente revoltada. A fotografia do que está por trás dos bastidores me permitiu estar aqui, já que fiquei gorda para as passarelas.

Por que estou começando por quem eu sou antes de falar de meu pai?

Porque meu pai me estimulou a abraçar a moda. Primeiro dizendo que eu era bonita como minha mãe e que devia seguir uma carreira de gente bonita. Eu tenho uma foto, que eu fiz com meu primeiro celular, registrando a cara de bobo dele, na primeira fila, no meu primeiro desfile importante.

Depois, pedindo que tia Adriana me afastasse dele. Tenho uma foto dele com a cara de quem não está fazendo nada de mais. Tinha feito. Eu escutei atrás da porta. Flagrei e fotografei a expressão dele.

Mais tarde, meu pai, sem saber e sem querer, me estimulou a seguir em frente, ficando do lado das filhas, das que eu considerava irmãs inteiras, apesar de não serem nem a metade. Tem uma sequência de fotos, no dia em que voltei para mostrar a revista ao meu pai. Dá para ver a expressão feliz de Duda, a que deu a entrevista para esse repórter baixinho, lourinho, bonitinho. Elas não sabiam que eu estava fotografando com minha minicâmera presa na tiara, acionada pelo adaptador que parece um *headphone* de celular.

Digo que ganho mais do que meu pai ganhou a vida toda sem considerar isso tão especial. Muitas jovens, pelo mundo todo, não só na profissão de modelo, ganham dinheiro desde cedo e sustentam ou ajudam suas famílias.

Fiquei longe dele muitos meses, num período difícil para ele, e talvez por isso seja difícil dar este depoimento sobre meu pai.

Talvez seja difícil, para qualquer filha, falar a distância sobre seu pai.

Primeiro, tentei colocar no papel todas as suas qualidades, todas as coisas boas que ele fez comigo, que ele fez para mim.

Comecei pela paciência dele quando eu interrompia seu trabalho de marcenaria.

Depois me lembrei do bom humor e do senso de humor que ele tinha. São coisas diferentes. Ele acordava bem-humorado e sabia contar piada. Todo mundo ria das piadas dele. Todo mundo mesmo. Entregador de *pizza*, professora, médico, jornaleiro. Estar com meu pai, ouvir meu pai era engraçado. Ele ria com as pessoas, nunca das pessoas. Meu pai conseguia fazer graça sem zombar dos outros.

Ele era capaz de ouvir as pessoas falando durante horas, atento, sorrindo ou se espantando conforme as histórias, nunca atiçando a irritação alheia, nem desmerecendo o esforço.

Por que meu pai se casou com a mãe de Duda e de Guta e não com a tia Adriana?

Porque eu não tenho sorte, pensei, dos onze aos dezesseis anos. Até o dia em que fui direto do aeroporto para a casa do meu pai e da casa dele para a casa de tia Adriana. Foi nesse dia que ela me contou que meu pai não podia se casar com ela, mesmo que quisesse, porque ela foi apaixonada por outra pessoa, e não por ele. Meu pai sabia disso e nunca fez nenhum comentário.

Esta era uma das muitas qualidades de meu pai. Saber da vida dos outros e não comentar.

A lista das coisas boas e das qualidades dele daria para encher um livro e não apenas uma despedida de filha.

Hoje sou mais velha, viajada e com algum dinheiro guardado, como só alguém que descobre uma profissão de beleza, aos treze anos, e fotografa durante anos seguidos em nove países pode ser.

Mas aos doze anos, na ocasião em que recebi o dinheiro de minhas meias-irmãs e comprei o sorvete, eu comprei com uma humildade abjeta. Gosto muito desta palavra: abjeta. O significado é horrível, mas a palavra é bonita. Como é bonita a minha foto de adolescente quase gorducha e raivosa que eu estava me tornando. É claro que naquela época ainda não existia o Instagram, mas eu já tinha um *smartphone* e foi com ele que fiz a foto.

No ano em que completei treze anos, eu estava, aos poucos, adquirindo uma humildade abjeta. Na época, eu só sentia um mal-estar, uma coisa dentro de mim, cada vez que a mulher dele ou minhas irmãs faziam algum comentário desse tipo, sempre relacionado ao peso, à aparência, ao meu jeito de ser.

Outra coisa muito ruim daquele tempo era o ciúme que eu sentia dos programas que meu pai passou a fazer com a mulher dele e com minhas irmãs. Programas para os quais eu não tinha idade para ir. Filmes, teatro, bares.

Não sei como meu pai não percebia que eu havia me tornado uma criança cada vez mais tímida, mais insegura, mais introspectiva. Ele também não percebeu que, ao mesmo tempo, eu fui me tornando cada vez mais crítica.

A lista de coisas boas que meu pai fez por mim é grande, mas, desde os onze anos, tudo o que meu pai fazia por mim, comigo, para mim, tinha alguma coisa ruim envolvida. Desde que Cíntia entrou de novo na vida dele.

A partir dos onze anos, todas as lembranças boas do meu pai se misturavam a coisas ruins. Por que algumas pessoas envenenam as coisas boas que fazem?

Por que ele se casou de novo com Cíntia?

Eu suponho que tenha sido porque ele a amava e amava as duas filhas que teve com ela.

Por que ele precisava conciliar todas as vontades de Cíntia a ponto de pedir à tia Adriana que arranjasse trabalho para mim, fora do país, longe dele, da casa que era da minha mãe e dele, longe dos meus amigos?

Talvez tenha sido para não se aborrecer com a família, para evitar conflitos. Talvez para me poupar dos conflitos.

Por que Duda e Guta não gostavam de mim?

Primeiro pensei que era por causa de algum defeito meu. Depois, achei que elas não gostavam de mim porque eu perguntava se gostavam.

Isso me ocorreu porque um dia, num desfile em Paris, eu vi uma modelo somaliana, linda, com a pele mais escura do que a minha, mas no mesmo tom de dourado, um rosto perfeito, corpo sinuoso, perguntar para outra modelo como ela estava. A outra, sem interromper a maquiagem, respondeu: tem quem goste, mas eu acho que essa maquiagem que você fez está vulgar.

– Vulgar, como? – perguntou a somaliana, aflita.

– Ah, sei lá, vulgar, como é que eu vou explicar o que é vulgar?

A modelo somaliana ficou com uma expressão abatida, limpou a maquiagem que estava linda, começou tudo de novo e quase atrasa a sua entrada por causa disso. Naquele momento, eu pensei: onde foi que já vi essa cena? Aí me lembrei de Duda e Guta e me lembrei de que uma vez eu perguntei se elas gostavam de mim. A resposta foi que não. Depois elas riram, como se estivessem brincando.

Como se o fato de eu perguntar a alguém que tinha motivos para não gostar de mim se gostava já fosse fraqueza suficiente para eu me dar mal.

Depois de ouvir muitas histórias de irmãs, entre as modelos da minha idade e as que são um pouco mais velhas, cheguei à conclusão de que a rivalidade atrapalha.

Por que Cíntia apoiava as filhas sempre, independentemente do quanto estivessem erradas em relação a mim ou ao nosso pai?

Também pensei bastante sobre isso. Não era por ser mãe delas e não minha mãe.

Marinês tem só um filho e é bastante exigente com ele. Algumas amigas minhas, uma inglesa, duas americanas, essa modelo somaliana que depois, em Madri, morou com a gente, várias modelos têm mães que não concordam com tudo o que elas fazem. Mães que tentam enfrentar pequenas maldades de adolescentes enquanto podem.

Cíntia escolheu amar meu pai e as filhas deles e me excluir. Meu pai escolheu acreditar em Cíntia, Duda e Guta, e não em mim. Escolheu, entre as três filhas, um lado.

Por que a gente precisa escolher entre amores?

Um pai não deveria escolher entre filhos. Um pai deveria perceber quando a filha está se tornando uma adolescente sem esperança, ânimo, tolerância. Certo?

Errado.

Aprendi com meninas que trabalham duro para serem bonitas em passarelas e capas de revistas que, para a gente ganhar o mundo, não dá para esperar que os pais façam tudo certo.

Aprendi com um garoto cinco anos mais velho do que eu, que foi criado só pela mãe e que, mesmo assim, não esperou o pai fazer tudo certo para ser uma pessoa legal.

Aprendi com meu pai que a gente não deve agir errado com as pessoas só porque elas agem errado com a gente.

Aprendi com a fotografia que é bom registrar o instantâneo, o momento, o flagrante.

Agora eu vou contar a vocês uma surpresa: fiz outros instantâneos, um *making of* do dia em que voltei ao Brasil e fiz as pazes com meu pai.

Ele já estava na cadeira de rodas e assinou a autorização para que eu fizesse uma exposição da obra dele em Nova York. Com o que sobrou da obra dele, depois de todas as vendas erradas que ele deixou que fizessem.

Tem também uma foto de meu pai na cadeira de rodas, na calçada dessa mesma casa, orientando, sem poder falar, a transferência dos móveis.

Os móveis, restaurados por Pedro, ficaram prontos para a exposição em Nova York, daqui um mês.

Fotos de celular, de minicâmeras digitais, fotos instantâneas são como diários de bordo, séculos atrás; são como os diários de papel que minha mãe e tia Adriana escreviam.

Eu preparei um *clipping* de fotos clicadas por mim em dez anos, algumas alegres, outras tristes, para homenagear meu pai e minha vida com ele nesta cerimônia de despedida.

Todo mundo morre, mas, quando o pai da gente morre, dói demais.

Existem muitas maneiras de enfrentar a dor de um velório, a dor que a gente enfrenta depois da morte de alguém que a gente ama muito. A minha maneira foi essa. A de lançar a luz das fotos e das histórias sobre a vida de um artista que era, ao mesmo tempo, um homem simples. É o meu presente como filha. Graças também a ele, eu dei certo o bastante para prestar esta homenagem e para dar de presente a todos que conviveram com ele essa memória.